늑대는
나란히
간다

늑대는
나란히
간다

덩이광·츠쯔젠 외
김태성 외 옮김

글항아리

늑대는
나란히
간다

덩이광
鄧一光

운명은 바로 이곳에서 활주 방향을 바꾸었다.

그녀는 그즈음 너무도 배가 고팠다. 사실 허기를 느낀 지는 한참 되었다. 그들은 이틀 전 사슴 한 마리를 덮쳐 한 끼 제대로 먹은 뒤로 줄곧 운이 좋지 않았다. 한번은 그가 매 사냥에 나섰다. 매는 낮은 하늘을 빙빙 돌며 눈밭에서 이리저리 도망치는 들쥐 몇 마리를 쫓고 있었다. 그는 높은 언덕에서 공중으로 뛰어올라 매를 덮칠 작정이었다. 실패하는 것이 정상이었다. 그는 앞쪽으로 빠르게 몇 발짝 달려 나가 마치 하늘로 비상하는 새처럼 높은 언덕에서 풀쩍 뛰어올랐다. 하지만 그는 새가 아닌 늑대라 마음과는 달리 허공에서 곤두박질하고 말았다. 그는 눈밭에 심하게 나동그라지며 멀리까지 데굴데굴 미끄러져 굴러갔다. 한쪽에 서 있던 그녀는 그 모습에 아주 즐거워했다. 웃느라 한동안 허리를 못

펼 지경이었다. 그녀는 그의 이런 바보 같은 집착을 정말 좋아했다. 그의 머릿속에는 황금빛 이상적인 포부가 가득했다. 어떻게 하늘을 나는 매를 사냥할 생각을 했을까? 그 일 이후 그녀는 어리벙벙한 토끼를 일부러 놓아주었다. 그녀는 즐거움이 계속되기를, 깨어 있는 모든 순간마다 즐거움이 이어지기를 바랐다. 굶주리게 될 줄 어찌 상상이나 했겠는가? 그런데 지금 그녀는 정말로 배가 고팠다. 뱃속에선 쉴 새 없이 꼬르륵 소리가 났고 날씨는 또 너무 추웠다. 너무나 춥고 배가 고파서 울고 싶었다. 심지어 눈밭에서 굼뜨게 도망치던 그 토끼가 그리워지기까지 했다.

하늘은 조금도 망설임 없이 어두워졌다. 눈은 하얗다 못해 파랬다. 바람은 하루의 구름을 눈보다 훨씬 고운 안개 형태로 섞어 시간이라는 것을 이 세상에서 가장 덧없고 못 믿을 것으로 만들어버렸다. 그는 최대한 빨리 그녀의 배를 채울 만한 먹이를 구해와야겠다고 마음먹었다. 그리고 마을로 들어가는 이 길을 선택했다. 위험한 길이었다. 늑대가 가장 꺼리는 것이 사람과의 접촉이다. 사람의 것을 건드리기 싫어하는 늑대는 복수하러 가는 경우가 아니고는 기본적으로 사람 사는 곳에 접근하지 않았고, 자신의 생활 반경을 황야와 숲으로 제한했다. 하지만 지금 그에겐 다른 선택이 없었다. 그는 그녀의 즐거움이 눈보라 속에서 빠르게 사라지는 것을 느낄 수 있었다. 그녀의 촉촉하고 까만 코는 얼음처럼 차가웠고 은빛 털가죽은 짙어져 가는 안개 속에서 빛과 윤기를 잃었다. 물기를 머금은 눈동자에 서린 매혹적인 안개는 미처 붙잡을 새도 없이 흩어져 갔다. 이러한 변화는 그를 초조하게 만들었다. 그는 아무것도 하지 못한 자신이 부끄러워 얼굴이 달아올랐다. 그는 한동안 그녀 쪽을 바라보지 않으려고 애를 썼다. 이래서야 어찌 남편이라고 할 수 있으랴. 문득 이런 생각이 들자 그는 어둠을 틈타 마을로 가서 먹을 것을 찾아보기로 했다.

하늘은 아주 캄캄했고 눈보라가 휘몰아쳐서 가까운 곳에 뭐가 있는지 분간하기도 어려웠다. 그는 이런 상황에서 어렴풋이 불빛이 보이는 마을을 향해 걸어갔다. 그 우물을 발견하지 못한 것은 너무도 당연했다.

말라붙은 우물이었다. 이렇게 된 지도 벌써 몇 년이었다. 원래는 달콤한 물이 가득한, 물이 펑펑 솟아서 바닥이 보일 일 없던 우물이었는데 어찌 된 일인지 수맥이 끊겨 말라버리고 석 장丈 깊이의 우물 구덩이만 남았다. 암석처럼 굳어버린 우물 벽 한쪽에는 이파리가 큰 은방울꽃과 큰잎들이 그림을 그려놓은 것처럼 자라고 있었고 벽 대부분은 거무튀튀한 이끼로 덮여 있었다. 마을 사람들은 평소 이 우물을 고구마나 배추 등을 보관하는 토굴로 사용했고, 사용하지 않을 때는 텅 비운 채 내버려두었다. 우물은 을씨년스럽게 그 자리를 지켰다. 오가는 사람들은 이를 보면서 가끔씩 옛날에 우물로부터 받았던 혜택을 회상하곤 했다.

우물은 대지에 박힌 외눈처럼 항상 눈을 뜨고 있었다. 원래는 아무런 문제가 없던 것을 하필이면 요 며칠 계속 눈이 내렸고, 또 하필이면 마을 사람들이 우물에 눈이 쌓이지 않도록 황토색 낡은 덮개로 우물 입구를 덮어 의도치 않게 함정을 만들어버렸다. 마을 사람들은 이렇게 거센 눈보라로 숨도 쉬기 어려운 날씨에 마을로 오는 사람이 있으리라고는 생각지 못했을 것이다. 그런 생각을 했다면 우물 입구를 덮어놓지 않았을지도 모른다. 문제는, 마을 사람들이 정말로 생각하지 못했다는 것이다.

그가 앞에서 걷고 그녀는 뒤에서 따라갔다. 둘 사이에는 열 몇 걸음 정도의 거리가 있었다. 그는 조금도 예감하지 못했다. 발밑이 이상하게 허전하다고 느꼈을 때는 이미 몸을 멈출 수가 없었다. 그와 눈 덮개, 그리고 부슬부슬하게 수북이 쌓인 눈.

그녀는 마침 눈밭에 부는 회오리바람을 보고 있었다. 회오리바람 속에 부러진 소나무 가지 하나가 멈출 줄 모르는 무희처럼 바람의 희롱에 따라 빙글빙글 돌고 있었다. 쾅 하는 둔탁한 울림이 발밑의 어느 곳에서부터 전해졌다. 그녀는 그제야 그가 시야에서 사라진 것을 발견했다. 그녀는 우물 입구로 달려가 컴컴한 우물 속을 내려다보았다. 가늠할 수 없는 거리였다. 그녀의 시력으로는 도저히 꿰뚫어 볼 수 없었다. 그녀는 강한 공포를 느꼈다. 새하얀 눈 밑에 음험하게 매복해 있던 우물이 대체 뭘 어쩌려는 것인지 알 수 없었다. 밑으로 떨어진 그의 상태가 어떤지도 알 수 없었다. 갑자기 극도의 두려움이 몰려왔다. 그녀는 그가 어둠 뒤로 영원히 사라졌을까봐, 더는 서로 의지하며 살 수 없게 되었을까봐 두려워졌다.

그녀는 우물 밑을 향해 소리쳤다. 목소리가 약간 떨렸다.

"당신 거기 있어?"

그는 거기에 있었다.

그는 잠시 기절했다. 석 장 깊이의 우물을 전혀 의식하지 못한 상태에서 갑자기 추락하는 바람에 심하게 곤두박질했고, 우물 바닥에 떨어진 순간 온몸의 뼈와 근육이 분리되는 듯한 충격을 느꼈다. 하지만 그는 금방 다시 깨어나 자신이 처한 상황을 파악했다. 일종의 본능이었다. 생존을 위한 본능이었다. 지금 그는 아무것도 두렵지 않았다. 그가 보기에 상황은 생각보다 나쁘지 않았다. 말라붙은 우물에 떨어졌을 뿐이니 별일 아니었다. 그는 예전에 사냥꾼이 뇌조를 잡으려고 놓은 올가미에 걸린 적이 있었다. 강을 따라 내려오던 얼음덩이 사이에 끼어 꼬박 이틀을 발버둥 친 끝에 겨우 빠져나온 적도 있었다. 상처를 입은 멧돼지와 좁은 길에서 마주쳤을 때는 피투성이가 되게 싸우기도 했다. 그는 수없이 많은 역경을 맞닥뜨렸으나 결국에는 모두 헤쳐 나왔다. 그는 행운의 여신이 자기편이라고 생각해본 적은 없었지만, 그렇다고 포기를 생각해본 적도 없었다. 그는 자신이 그렇게 할 수밖에 없다고 생각했다.

그는 천천히 일어나 몸을 추스르고는 몸을 흔들어 눈가루와 진흙을 털어냈다. 그리고 주변을 살펴보며 빠져나갈 방법을 연구하기 시작했다.

우물은 아래가 불룩한 병처럼 밑이 넓고 위가 좁았다. 우물 벽은 아주 반들반들했고 부들 같은 식물과 두꺼운 이끼가 왕성하게 자라고 있어 발을 디딜만한 곳이 없었다. 그는 약간 짜증이 났다. 기대했던 것보다 약간 힘든 상황이었다. 하지만 그럼에도 그는 낙심하지 않았다. 그는 자신이 이런 귀찮은 일을 해결할 방법을 찾아낼 수 있으리라 생각했다.

그녀가 말했다.

"당신 거기 있어?"

"응, 여기 있어."

"괜찮아?"

"응, 괜찮아. 아무렇지도 않아."

"당신 때문에 깜짝 놀랐잖아."

"걱정 마. 올라갈게."

말은 그렇게 했어도 그는 그녀를 전혀 볼 수 없었다. 하지만 그는 한번 시도해보기로 했다. 그녀를 보는 것이 아닌, 이 재수 없는 우물 탈출을 시도하는 거였다. 이 말라붙은 우물에서 벗어날 수만 있다면 그녀를 어떤 식으로 보든 상관없었다. 그는 그렇게 결심하곤 일단 그녀를 우물 입구에서 멀리 떨어지라고 했다. 그가 우물 입구로 뛰어올랐을 때 부딪힐 수도 있기 때문이었다. 역시나 그녀는 우물 입구에서 몇 자 떨어진 곳으로 비켜섰다. 장난칠 때 말고는 언제나 그의 말을 잘 듣는 그녀였다. 그녀는 우물 밑으로부터 전해지는 그의 자신만만한 심호흡 소리를 들었다. 그리고 두 줄기의 날카롭게 긁히는 소리가 가까운 곳에서 점차 멀어지더니, 이윽고 무언가 세게 떨어져 부딪히는 소리를 들었다.

그녀는 우물 입구로 달려갔다.

눈이 그쳤다. 바람도 그쳤다. 눈과 바람은 아무런 예고 없이 별안간 뚝 그치는 그런 성격이 있었다. 눈과 바람이 그친 것은 때가 딱 맞았다. 눈과 바람이 그치자 하늘의 연무가 걷히더니 달이 모습을 드러냈다. 달은 오랫동안 빛을 축적해놓았는지 대지를 밝게 비추었다. 덕분에 우물 입구에 엎드려 있던 그녀는 달빛에 의지해 그를 똑똑히 볼 수 있었다.

그는 우물 바닥에 누워 있었다. 온몸이 눈과 진흙투성이여서 더럽기 짝이 없었다. 그는 자신이 장담한 것처럼 운이 좋지는 않았다. 조금 전의 도약으로 그는 두 장 높이까지 뛰어올랐다. 실로 대단한 높이였지만 우물 입구까지는 한참 거리가 있었다. 그의 예리한 발톱은 우물 벽의 얼어붙은 흙에 두 줄의 깊이 팬 자국을 남겼다. 그 자국은 보기만 해도 마음이 아팠고 깊은 유감을 불러일으켰다. 그가 이 말라붙은 우물을 벗어나는 건 결코 쉬운 일이 아니라고 말해주는 듯했다.

그는 우물 바닥에 멍하니 누워 있었다. 그녀는 우물 입구에 멍하니 엎드려 있었다. 그들은 한동안 아무 말도 하지 않았다. 밝혀진 사실에 둘은 조금 실망했다. 사실, 이번 일은 그들에겐 아주 큰 충격이었다. 이제 막 눈이 그쳐 만물이 고요한 밤에 이런 충격은 정말 받아들이기 힘들었다. 하지만 그도 그녀도 자신들이 곧 현실의 기슭에 정박하리라는 것을 깨달았다. 그는 오랫동안 먹지 못해 배에서 꼬르륵 소리가 났다. 그는 우물 바닥에 있었고 우물 바닥은 좁아서 도움닫기가 불가능했다. 게다가 난이도가 훨씬 높은 수직 도약을 해야 했다. 이 모든 것 때문에 평소의 점프 실력을 발휘할 수 없었다. 다시 말해서 그는 지금 우리에 갇힌 신세라 전처럼 눈부신 성과를 내는 것이 불가능했다.

그녀가 울었다. 그녀는 이 모든 것을 똑똑히 보고 나서 울었다. 그녀는 우물둔덕에 엎드려 흐느끼다가, 나중에는 주체할 수 없어 우우 소리 내어 울었다. 그녀는 너무나도 마음이 아팠다.

"흑흑, 다 나 때문이야. 내가 그 토끼를 놓아주는 게 아니었어."

우물 밑의 그는 오히려 웃음을 터뜨렸다. 그는 그녀의 눈물에 웃음이 나왔다. 그의 웃음소리는 아주 우렁찼다. 그 웃음소리는 폐쇄된 우물 안에서 증폭되어 윙윙 울렸다. 그는 몸을 일으켜 진흙과 눈가루를 털어낸 후 고개를 들어 우물둔덕에 있는 그녀를 향해 말했다.

"좋아, 당신이 그렇게 말한다면 가서 토끼를 다시 잡아 와."

하늘이 점점 밝아졌다. 그동안 눈이 내리지 않아 날이 쾌청하게 맑았다. 동이 트기 전 그녀는 우물둔덕을 떠나 숲에 가서 먹을 것을 찾았다. 그녀는 아주 멀리까지 간 끝에 가늘고 긴 고무나무 밑에서 얼어붙은 멍청한 검정 들쥐을 잡았다. 그녀는 춥고 배고팠다. 배가 고파서 기절할 지경이었다. 그녀는 들쥐을 잡고 나서 잠시 동안 눈밭에 몸을 묻은 채 꼼짝도 하지 않았다. 그녀는 자신이 들쥐을 단숨에 삼켜버릴까 두려웠다. 그녀는 내장의 경련을 꾹 참고 들쥐을 우물둔덕으로 가져왔다.

그는 갓 잡아 신선한 들쥐을 뼈째 씹어 남김없이 뱃속에 집어넣었다. 기분이 많이 좋아진 것 같았다. 야생 당나귀나 노루 한 마리를 더 삼킬 수도 있겠지만, 지금은 이것으로 충분했다. 힘과 자신감이 다시금 그에게로 돌아왔다. 탈출 시도를 계속해도 될 것 같았다.

이번에 그녀는 우물둔덕을 떠나지 않았다. 그가 우물둔덕으로 뛰어올랐을 때 부딪힐까 봐 걱정하지도 않았다. 그녀는 우물둔덕에 엎드려 끊임없이 그에게 힘을 불어넣었다. 그를 부르고 격려하면서 한 번, 또 한 번 계속 뛰어오르도록 재촉했다. 우물의 그 가증스러운 거리를 사이에 두고 두 발을 내민 그녀의 자세는 점점 밝아오는 하늘을 배경으로 끝까지 결연해 보였다. 우물 밑의 그는 그 모습에 뜨거운 눈물이 차올랐다. 높이 뛰어올라 힘껏 그녀를 끌어안고 싶은 강렬한 욕망이 솟았다.

하지만 그의 모든 노력은 실패하고 말았다. 그는 매번 힘차게, 상당히 높이 뛰어올랐다. 살고 싶다는 욕망과 분노로 가득 찬 투쟁이었지만 매번 같은 결과였다. 다시 우물 바닥의 원래 그 자리로 떨어졌다. 우물 입구는 마치 음험한 마귀처럼 그가 얼마나 높이 뛰어오르든 상관없이 언제나 더 높은 곳에서 그를 비웃듯 바라보았다. 그의 시도는 매번 우물 벽에 두 줄의 깊은 발톱 자국을 새겨놓는 것으로 그쳤다.

열다섯 번째 시도가 실패로 끝났다. 그는 우물 바닥에 누워 꿈쩍도 하지 않은 채 피로에 지쳐 거친 숨을 몰아쉬었다. 그녀는 우물둔덕에 구부정하게 서 있었다. 그들은 아무 말도 하지 않았다. 그 시각, 그들 모두 절망적인 생각이 엄습해오는 것을 느꼈다.

날이 밝아오자 그녀는 우물가를 떠나 숲속으로 사라졌다. 그곳은 마을과 너무 가까워서 간혹 마을 사람들의 모습이 보이기도 했다. 그녀는 우물둔덕에 머무를 수 없었다. 계속 있다가는 사람들의 눈길을 끌 수 있었다.

낮 동안 그는 홀로 남겨졌다. 그는 우물 바닥의 그늘진 곳에 누워 꿈쩍도 하지 않았다. 그렇게 한참을 가만히 있다가 가끔 고개를 들어 우물 입구의 그 좁은 하늘을 올려다보았다. 사람들은 계속해서 우물 곁을 지나갔다. 사냥꾼이 사냥개 한 무리를 데리고 지나가기도 했고, 아이들이 썰매를 타면서 날리는 눈가루가 우물 안으로 떨어져 그의 얼굴과 몸에 내려앉았다. 찌릿찌릿했다.

하지만 그것들을 털어내지는 않았다. 그는 원래부터 우물 바닥에 있던 어둠처럼 여전히 미동도 하지 않았다. 그는 여태껏 이렇게까지 굴욕적이고 비관적인 적이 없었다. 태어나서 처음으로 울고 싶다고 느꼈다.

날이 어두워지자 그녀가 돌아왔다. 그녀는 그를 위해 오소리 한 마리를 물고 아주 힘겹게 우물가로 다가왔다. 그녀도 이미 배불리 먹은 상태였다. 이렇게 하려고 그녀는 엄청난 노력을 해야 했다. 우물 밑의 그는 오소리를 한 점도 남기지 않고 전부 뱃속에 넣었다. 그리고 다시 새로운 시도를 시작했다.

그녀는 때로 우물둔덕을 떠나 마을로 뻗은 길까지 가서 인기척이 없는지 살피고 다시 돌아오곤 했다. 그녀는 자신이 떠나 있어야 기적이 더 쉽게 일어날 것 같은 느낌이 들었다. 그녀가 멀리서 우물둔덕을 바라보며 그가 우물가로 돌아오기를 기대하고 있는 사이에 그는 땀을 뻘뻘 흘리며 우물둔덕에 서서 가쁜 숨을 몰아쉬다가 그녀를 향해 바보 같이 웃었다.

하지만 그는 우물 밖으로 나오지 못했다. 그는 우물둔덕에 서 있지 않았다. 그는 확실히 땀을 뻘뻘 흘리며 가쁜 숨을 몰아쉬고 있었지만, 여전히 우물 밑에 있었다. 그는 노란 번개처럼 불꽃을 번쩍이고 바람을 일으키며 어둠 속에서 한 번 또 한 번 우물 위쪽으로 달려들었다. 그토록 집중했고 그토록 애썼다. 이렇게까지 전심전력을 쏟은 적도 없었다. 하지만 그것이 뭔가를 증명해주지는 않았다. 그는 매번 뛰어오를 때마다 그만큼의 높이에서 떨어졌다. 높이 뛰어오를수록 더 심하게 곤두박질했다. 너무 심하게 나동그라져서 한동안 일어나지 못한 것도 여러 번이었다. 눈은 조용히 그곳에 내리고 있었다. 마치 물속에 있는 것처럼 아주 느릿느릿 떨어져 내렸다. 하나하나 흩날리는 눈송이는 한참이 지나도 땅에 내려앉지 않았다. 바람 때문이었다. 바람이 없으면 눈은 기묘한 모양으로 내렸다. 그런데 달은, 아주 둥글고 밝은 달은 당당하게 걸려 있으면서 눈송이의 간섭을 조금도 받지 않았다. 그는 달 아래에서 뛰어올랐다 떨어졌다. 쿵 하며 둔중한 소리가 울리자 달은 한차례 움찔했다. 달은 그렇게 움찔거리며 기울다가 마침내 소나무 가지 밑으로 모습을 감추었다.

날이 밝아오자 그녀는 다시 우물가를 떠나 숲속으로 사라졌다.

해가 떠오를 때 눈밭은 눈부시게 반짝였다. 뿔종다리 한 마리가 우물가로 날아와 고개를 갸우뚱하고 한참 해를 바라보더니 입을 벌려 아름다운 목소리로 지저귀기 시작했다. 햇살은 그 아름다운 지저귐 속에서 무수한 금빛 깃털로 부서졌다. 그는 우물 바닥의 그늘진 곳에 누워 어둠과 축축함으로 자신을 가리고 모든 의욕을 잃은 채 눈을 감고 숨을 헐떡거렸다. 온몸이 더럽기 짝이 없었다. 황토색 털은 헝클어져서 꼴이 말이 아니었다. 계속해서 떨어지고 나뒹구느라 몸이 부어올랐고, 그래서 더욱 의기소

침해 보였다. 그는 머리를 앞발에 파묻고 꼼짝도 하지 않았다. 그는 이렇게 고독하고 기나긴 낮을 버텼다.

그녀는 낮 동안 잠시도 쉬지 않았다. 먹을 것을 찾기 위해 아주 먼 길을 걸었다. 숲 전체를 거의 다 뒤지다시피 했다. 그녀는 그보다 훨씬 지쳐 있었다. 너무 피곤해서 쓰러질 것만 같았다. 헝클어진 털을 신경 쓸 여유도 없었다. 게다가 다친 곳이 한두 군데가 아니었다. 들개를 쫓다가 실패하고는 얼결에 덜 자란 어린 곰을 공격했다가 발톱에 상처를 입고 말았다. 그녀는 바람 따라 휘날리는 은회색 털가죽을 질질 끌며 푹신한 낙엽 위를 달렸다. 자작나무 숲과 삼나무 숲을 스쳐 지나가는 그녀의 다급한 몸짓에는 슬픔과 비장함이 가득했다. 그녀가 달릴 때 흩날린 눈가루는 신비로운 운무처럼 눈밭에 이어지며 오래도록 흩어질 줄을 몰랐다.

날이 어두워지자 그녀는 극도로 지친 모습으로 우물가로 돌아왔다. 그녀는 너무나 속상했다. 마음속이 부끄러움과 괴로움으로 가득했다. 오늘은 운이 그리 좋지 못했다. 온종일 사냥했는데 아직 다 자라지도 못한 다람쥐 한 마리를 잡은 것이 고작이었다. 그녀는 배가 고팠지만 눈을 좀 핥는 것으로 끼니를 때웠다. 그녀는 그 불쌍한 다람쥐가 간에 기별도 안 된다는 걸 알았다. 평소라면 그는 저런 다람쥐를 거들떠보지도 않을 것이다. 다람쥐는 그가 거들떠볼 만한 수준도 되지 않았다. 하지만 지금 그녀가 무엇을 할 수 있겠는가? 그녀가 이 다람쥐를 그에게 줄 수 있을까? 그녀는 마음이 욱신거렸다. 그를 너무 섭섭하게 만들 것 같았다. 심지어 그녀는 그에게 이런 치욕을 안겨준 것이 자신이라고 생각했다.

하지만 눈앞에 펼쳐진 광경은 그녀를 슬픔에서 재빨리 벗어나게 해주었다. 그녀는 한바탕 기쁨을 느꼈다. 그는 우물 바닥에 있었지만 어제처럼 아무 것도 하지 않고 그녀가 오기만 기다리고 있지는 않았다. 그는 땀을 뻘뻘 흘리며 바삐 움직이고 있었다. 그는 우물 벽에 얼어붙은 흙을 한 발 한 발 파내 모아서는 발로 단단히 다졌다. 그는 작업에 몰두하고 있었다. 오랫동안 계속해온 것이 분명했다. 그의 발가락은 전부 터져서 새빨간 피가 계속 흘러나오고 있었다. 그가 한 발 한 발 파낸 얼어붙은 흙도 피로 축축이 젖어 있었다. 하지만 그는 조금도 포기할 생각이 없었다. 그는 여전히 고개를 들고 두 발을 쭉 펴고 열정 가득한 모습으로 한 발 한 발 우물 벽의 얼어붙은 흙을 파냈다. 그녀는 순간 어리둥절했다가 곧 그의 의도를 파악했다. 우물 바닥을 높이 쌓아서 우물 입구까지의 거리를 좁히려는 거였다. 그는 자신의 목숨을 구할 통로를 만들고 있었다. 그녀는 이를 깨닫자마자 눈시울이 촉촉해졌다. 그가 얼마나 용감한지! 그녀는 목이 잠긴 채 하마터면 이 말을 크게 외칠 뻔했다!

이제 그녀도 그의 노력에 동참하기 시작했다. 그녀는 일단 그를 잠시 쉬게 하고 자신이 이어서 작업을 계속했다. 그녀는 우물 둔덕 부근의 얼어붙은 눈을 파헤쳐 그 밑의 흙을 긁어낸 다음, 긁어낸 흙을 우물 아래로 밀어 떨어뜨렸다. 그녀가 이렇게 한차례 흙을 긁어내면 그가 교대해서 떨어진 흙을 잘 밟아 다졌다. 참으로 힘들고 지루한 작업이었다. 하지만 그들은 아주 즐겁게 전심전력을 다했다. 그녀가 우물 위에서 흙을 떨어뜨려줬기 때문에 그는 우물 벽에서 흙을 조금씩 긁어낼 필요가 없어졌다. 그저 일정 간격을 두고 푸석푸석한 흙을 잘 밟아 다지기만 하면 됐다. 이렇게 하니 작업 속도가 훨씬 빨라졌다. 그들은 이런 식으로 한참을 작업했다. 우물 위 그녀의 속도가 느려지자 그는 우물 밑에서 큰 소리로 그녀를 독촉했다. 그는 다소 조급해하고 있었다. 그는 그녀가 배고프고 지치고 상처 입었다는 것을 알지 못했다. 그녀는 하마터면 눈밭에 고꾸라질 뻔했지만 이를 악물고 버텼다. 그녀는 가쁜 숨을 몰아쉬며 빠르게 서쪽으로 기울어져 가는 달을 바라보았다. 그러고는 다시 그녀가 긁어낸 흙에 달려들어 힘껏 우물 아래로 밀어 떨어뜨렸다.

신선하고 진하고 음침한 흙냄새가 밤새 공기 중에 가득 퍼졌다.

동이 틀 무렵 그들은 작업을 멈췄다. 그들 모두 녹초가 되어 있었다. 털가죽에 맺힌 땀이 얼어붙어 수많은 얼음 구슬이 되었다. 마치 화려하고 기묘한 갑옷을 입은 것처럼 그들이 움직일 때마다 금속이 부딪히는 날카로운 소리가 났다. 그들은 자신들의 작업에 매우 만족했다. 얼어붙은 흙을 다시 밟아 다지고 나니 상당히 두터워졌다. 말라붙은 우물의 공포감이 메워지자 그는 더는 두렵지 않았다. 심지어 우물의 음습한 공기에서 실낱같은 생명의 따스함을 느끼기까지 했다. 그들 모두 그렇게 느꼈다. 이런 식으로 계속하여 하룻밤만 더 작업하면, 늦어도 이틀 밤만 더 고생하면 충분한 높이를 만들 수 있을 것 같았다. 그러면 그는 그 높이에서 훌쩍 뛰어올라 이 고독한 우물에서 빠져나올 수 있었다. 이런 기대는 그들을 한참 흥분시켰다.

태양이 떠오르자 그녀는 피곤함에 지친 몸을 이끌고 우물을 떠나 숲으로 걸어갔다. 그녀는 그들의 마지막 노력을 위해 먹을 것을 찾아야 했다. 그는 다시금 우물 바닥의 어둠 속에 누워 휴식을 취했다. 그는 어두운 밤이 오기를 기다리고 있었다. 끝없이 펼쳐진 눈밭을 자유롭게 쫓고 쫓기던 시설이 다시 오기를 기다리고 있었다.

만약 일이 계속 이렇게 진행되었다면 그들은 다음번 태양이 떠오를 땐 이 끔찍한 우물을 떠나 나란히 숲속으로 달려갔을 것이다. 그것은 참으로 아름다운 미래였다. 이 아름다운 미래는 천천히 솟아오르는 태양처럼 가슴을 두근거리게 했다. 그러나 일은 마지막에 이르러 원래 궤도대로 나아가지 않고 결정적인 부분에서 틀어지고 말았다.

마을 소년 둘이 그들을 발견했다.

두 소년은 우물로 다가가 아래를 내려다보았다. 두 소년은 우물 바닥에 누워 아름다운 꿈을 꾸는 그를 발견했다. 두 소년은 마을로 달려가 엽총을 가져다가 그를 향해 총을 한 방 쏘았다.

총알은 그의 등뼈를 뚫고 왼쪽 갈비뼈로 빠져나왔다. 마치 묻혀 있던 샘이 솟듯 눈이 사방으로 튀었고 그는 푹 쓰러져 다시는 일어서지 못했다.

총을 쏜 소년이 두 번째 총알을 장전하자 그의 친구가 그를 막아섰다. 막아선 소년은 눈밭에 찍힌 여러 줄의 발자국을 가리켰다. 발자국은 마치 회색의 영롱하고 투명한 매화처럼 우물에서부터 멀리 떨어진 숲까지 이어져 있었다.

그녀는 해가 진 뒤에야 돌아왔다. 가젤 한 마리와 함께였다. 하지만 그녀는 우물에 다가가지 않았다. 상수리나무 열매와 솔가지의 연한 향기 속에 사람과 화약 냄새가 났다. 그리고 맑은 밤하늘 아래에서 그의 울부짖는 소리가 들렸다.

그의 울부짖음은 일종의 경보였다. 그는 그녀에게 우물에 다가오면 안 된다고, 숲으로 돌아가라고, 그를 멀리 떠나라고 경고했다. 그는 너무 많은 피를 흘렸다. 등뼈가 부러져 일어설 수도 없었다. 하지만 그는 완강하게 버티며 피 웅덩이 속에서 가까스로 고개를 들어 머리 위 조그만 하늘을 향해 오랫동안 울부짖었다.

그녀는 그의 울음소리를 들었다. 곧바로 불안해진 그녀는 머리를 들어 우물을 향해 울부짖었다. 그녀의 울부짖음은 무슨 일이냐고 묻는 것이었다. 그는 직접 대답하지 않고 그녀에게 상관 말라고 했다. 그는 그녀에게 얼른 떠나라고, 우물과 그를 떠나 숲속 깊숙이 들어가라고 했다. 그녀는 거부했다. 그녀는 그에게 무슨 일이 생겼음을 알았다. 그의 목소리에서는 피비린내가 났다. 그녀는 그에게 무슨 일이 벌어진 거냐고 끈질기게 물었다. 대답하지 않으면 절대로 떠나지 않겠다는 태세였다.

두 소년은 알 수 없었다. 늑대 두 마리가 서로 번갈아가며 울부짖고 있었다. 어째서 소리만 들리고 모습은 보이지 않을까? 소년들의 의혹은 얼마 지나지 않아 해소되었다. 그녀가 나타난 것이다.

두 소년은 그녀의 아름다움에 놀라 얼어붙었다. 그녀는 체구가 작고 균형 잡힌 몸매에 자태가 빼어났다. 코끝은 새까맣고 눈은 촉촉했다. 봄바람처럼 어렴풋이 안개가 서린 눈동자는 마치 가을철의 맑은 물 위에 떠 있는 것 같았다. 그녀의 털은 차갑게 얼어붙은 듯한 은회색이었고 조용하고도 침착하게 모든 것과 어우러지면서 모든 것을 고귀함으로 승화시키고 있었다. 그녀는 거기에 서 있다가 천천히 그들을 향해 걸어갔다.

소년 중 하나가 정신을 차리고 손에 쥔 엽총을 들어 올렸다.

총소리가 둔탁했다. 총알이 눈밭에 박히며 미세한 눈 알갱이가 튀었다. 그녀는 바람이 깔끔하게 불고 지나간 것처럼 숲으로 사라졌다. 총소리가 울릴 때 그는 우물 밑에서 길고 긴 울음을 토했다. 그의 울부짖는 소리는 하마터면 우물도 뒤흔들어 무너뜨릴 뻔했다. 그녀는 밤새도록 우물과 가장 가까운 숲에서 기다리며 계속해서 길게 울부짖었다. 그는 그녀가 아직 살아 있는 것을 알았다. 그가 얼마나 기뻤을지는 자명했다. 그는 계속해서 그녀에게 다가오지 말라고, 숲속 깊은 곳으로 돌아가서 영원히 나오지 말라고 경고했다.

그녀는 고개를 빼고 길게 울부짖었다. 그녀의 울부짖는 소리는 숲속을 벗어나 멀리까지 울려 퍼졌다.

날이 밝아올 무렵, 두 소년은 졸음을 참지 못하고 졸고 있었다. 이때 그녀는 우물로 다가가 딱딱하게 얼어붙은 가젤을 우물 둔덕으로 끌어당겼다. 그리고 몸을 거꾸로 돌리더니 눈안개를 일으키며 가젤을 우물로 힘껏 밀어 떨어뜨렸다. 우물 바닥에 꼼짝 못 하고 누워 있던 그의 옆으로 가젤이 굴러 떨어졌다. 그는 큰소리로 그녀를 꾸짖었다. 그는 그녀에게 꺼지라고, 더 이상 그를 귀찮게 하지 말라고, 그렇지 않으면 혼내줄 거라고 했다.

그는 고개를 한쪽으로 돌리고 그녀를 거들떠보지도 않았다. 그녀에게 무척 화가 난 것처럼 보였다. 그녀는 우물둔덕에 올라가 날카롭게 울부짖으며 그에게 버티라고 했다. 그에게 숨이 붙어 있기만 하다면 그녀가 그를 이 망할 놈의 우물에서 구해낼 거라고 했다.

두 소년이 잠에서 깨어났다. 그 후 이틀 동안 그녀는 줄곧 그들과 쫓고 쫓기는 공방전을 벌였다. 두 소년은 그녀에게 총을 일곱 발이나 쏘았지만 한 발도 그녀를 맞추지 못했다.

그 이틀 동안 그는 줄곧 우물 밑에서 울부짖었다. 잠시도 그치지 않았다. 목이 쉬어 터졌는지 울부짖는 소리는 중간 중간 끊어져 이어지지 않았다.

그런데 셋째 날 아침, 그들의 울부짖는 소리가 갑자기 멈추었다. 두 소년은 고개를 내밀고 우물 밑을 들여다보았다. 상처 입은 수컷 늑대가 그곳에 죽어 있었다. 부딪혀서 죽은 것이었다. 머리를 우물 벽에 비스듬히 박은 채, 머리가 깨져 뇌수가 사방으로 튀어 있었다. 딱딱하게 얼어붙은 가젤은 그의 옆에 온전하게 누워 있었다.

그 두 마리 늑대는 줄곧 숲속으로 돌아가려고 노력했다. 그들은 거의 성공할 뻔했다.

그러다 그들은 재앙에 빠졌다. 그가 먼저였고 다음엔 그녀였다. 사실 그들은 줄곧 함께였다. 지금 그들 중 하나가 죽었다. 그가 죽었으니 다른 하나가 나타날 리 없었다. 그의 죽음이 이것을 위해서였을까?

두 소년은 마을로 돌아가 밧줄을 가져왔다. 하지만 그들은 얼마 못 가 그 자리에 멈춰 섰다. 그녀가 거기에 서 있었다. 온몸에 은회색 털가죽을 두르고 있었다. 털가죽은 상처투성이였으며 피

딱지가 가득했다. 그녀는 지칠 대로 지쳐 몸과 마음이 모두 무너진 것처럼 보였다. 털이 바람에 따라 흔들리니 마치 숲속에서 가장 고전적인 유령처럼 보였다. 그녀는 턱을 살짝 들어 올렸다. 마치 희미하게 한숨을 쉬는 것 같았다. 그런 다음 그녀는 우물을 향해 나는 듯이 달려갔다.

두 소년은 그 모습을 넋을 잃고 바라보다가 마지막 순간에 한 명이 서둘러 총을 들었다.

총성이 울리자 이틀 낮과 이틀 밤을 멈추었던 눈이 다시 내리기 시작했다.

맨 처음 내린 눈송이는 하늘에서 떨어진 것이 아니라, 우물가의 사과나무에서 떨어진 것이었다.

그것은 마지막으로 남은 한 그루 사과나무였다.

말 한 필,
두 사람

츠쯔젠
遲子建

말 한 마리가 두 사람을 끌고 얼다오허즈二道河子를 향해 걸어
가고 있었다.

　말은 무척 야윈 데다 늙어서 길을 가자니 걸음이 느려터질 수
밖에 없다. 그리고 말이 끌고 있는 두 사람도 빨리 가자고 재촉
하지 않았다. 두 사람은 몇 년 전에 말에게 채찍질하는 걸 그만
두었다. 첫째는 말이 사람의 뜻을 잘 알아 일부러 게으름을 피우
지 않았기 때문이고, 둘째는 말과 사람이 모두 늙어서 말도 채찍
질을 견디지 못하고 사람도 말에게 채찍질을 할 용기를 상실했기
때문이다.

　늙은 말이 끌고 가는 두 노인은 부부였다. 남자는 말처럼 몸
이 수척했지만 여자는 커다란 나무 그루터기처럼 통통했다. 두
사람은 말처럼 위압감을 주는 커다란 눈을 갖고 있지 않았다. 두

사람 모두 눈이 아주 작았고 좀처럼 크게 치켜뜨는 일이 없었다. 항상 반쯤은 꿈을 꾸고 있고 반쯤은 깨어 있는 듯한 작은 눈이었다. 수척한 얼굴에 눈이 작다보니 억지로 박아 넣은 듯한 느낌을 주었고 실물보다 확실히 더 커 보였다. 반면에 통통한 얼굴에 달린 작은 눈은 비지 덩어리 안에 돌이 박힌 것 같은 느낌을 주었다. 아주 작게 들어간 흔적만 보면 눈이 몸을 감춘 곳이 어딘지 알 수 있었다. 때문에 말도 때로는 주인마님이 눈이 없는 사람이라고 생각하기도 했다.

그들이 살고 있는 마을에서 얼다오허즈까지는 20리 길이었다. 그곳에는 인가가 없고 구불구불한 강 한 줄기와 드넓은 들판과 밭이 전부였다. 물론 산도 아주 많았다. 하지만 산은 강 건너편에 있어 어슴푸레하게 보였다. 쉽게 다가갈 수 없었다. 말은 한때 그 산이 아주 큰 집이라고 생각한 적이 있었다. 단지 그 안에 어떤 동물이 사는지 짐작할 수 없을 뿐이었다. 어쩌면 흑곰이나 늑대, 아니면 토끼가 살고 있을지도 몰랐다. 말은 이런 동물들을 본 적이 있었다. 말은 이런 동물들이 자신보다 좋은 운명을 타고 났다고 생각했다. 사람들이 소리 지르는 것을 들을 필요도 없고 밧줄에 매인 채 머리를 파묻고서 노안으로 흐릿해지고 풀도 제대로 먹지 못할 때까지 수레를 끌지 않아도 되기 때문이었다. 하지만 때로는 그 산 속에 자신이 한 번도 본적이 없는 동물이 살고 있을지도 모른다는 생각을 하기도 했다. 어쩌면 구름이 살고 있을

지도 몰랐다. 말의 마음속에서 구름은 생명을 갖고 있고 거주하는 곳도 있었다. 대지에서 구름과 가장 가까운 곳이 바로 산이기 때문에 구름으로서는 이곳에 사는 것이 가장 편리할 터였다.

여느 때와 마찬가지로 수레 끌채에 탄 남자는 고개를 숙이고 팔짱을 긴 채 졸고 있었고, 수레 뒤에 탄 여자는 누워서 자고 있었다. 두 사람은 말이 길을 잘못 가지나 않을까 걱정할 필요가 없었다. 얼다오허즈로 가는 길은 한 갈래밖에 없었기 때문이다. 말이 놀랄까봐 걱정할 필요도 없었다. 이 계절에는 다른 수레가 지나다니지 않기 때문이다. 말을 놀라게 할 수 있는 것이 있다면 길을 가로질러 가는 다람쥐가 고작일 터였다. 말은 두 사람 모두 곤히 자고 있다는 것을 잘 알고 있었다. 그래서 곧게 뻗은 구간을 만나면 잠시 졸다가 가곤 했다. 항상 피곤을 느꼈기 때문이다. 이젠 정말로 늙은 것 같았다.

말은 박자를 잘 맞춰서 걷고 있었다. 노부부도 편안하게 축축하지만 사방에 향기가 그윽한 새벽 공기 속에서 두 사람의 완성되지 않은 꿈을 계속 꾸고 있었다. 가끔씩 들판의 맑고 깨끗한 새 울음소리가 두 사람을 잠시 깨우곤 했다.

말이 끌고 가는 것은 두 사람 외에 식량과 농기구도 있었다. 두 사람에게는 얼다오허즈에 움막이 하나 있었다. 여름이면 일주일에 한 번씩 이곳에 와야 했고, 올 때마다 사나흘씩 묵었다. 사람은 움막에 묵지만 말은 들판에서 자야 했다. 가을이 오면 날씨가 아무리 좋지 않아도 두 사람은 이곳에 묵었다. 새떼가 날아와 나락을 다 쪼아 먹기 때문에 허수아비에만 의존하여 위협하는 것으로는 별 효력이 없었다. 두 사람이 맨 손에 맨 발로 뛰어나가는 수밖에 없었다.

들판에 잔잔한 바람이 불어오면 들꽃들이 향기를 바람에 실어 보냈다. 인가에서 멀리 떨어진 곳일수록 들꽃은 더 미친 듯이 피었다. 끌채에 탄 남자는 꽃구경을 별로 좋아하지 않았지만 말은 좋아했다. 말은 항상 혀끝으로 꽃을 핥곤 했다. 수레 뒤에 탄 여인도 꽃을 좋아했다. 하지만 여인은 작약이나 백합처럼 꽃송이가 큰 것만 좋아하고 자잘한 꽃들에 대해서는 콧방귀를 뀌면서 "바늘구멍 만하게 핀 것도 꽃이라고 해야 하나?"라고 말하곤 했다.

이 20리 길을 말은 이미 얼마나 많이 오갔는지 몰랐다. 몇 해나 다녔는지도 알지 못했다. 단지 풍작을 거둔 밀을 싣고 마을로 돌아오다가 수레가 진흙탕에 빠지는 바람에 주인에게 등을 채찍으로 무수히 얻어맞았던 일만 기억날 뿐이었다. 사실은 너무 맞아서 힘을 더 낼 수 없었지만, 이런 극심한 통증이 미친 듯이 힘을 낼 수 있게 해주었다. 말은 또 노인의 아들이 처음 수갑을 차고 끌려간 뒤에 수레에 실린 물건도 없이 평평한 길을 달리는데도 채찍을 수십 대나 맞았던 일도 기억했다. 아들이 두 번째로 수갑을 차고 끌려간 뒤에는 두 사람 모두 말에게 아주 따스하게 대해주었고, 밤에는 잊지 않고 콩떡을 먹여주었다. 여주인은 종종 솔로 갈기를 손질해주기도 했다. 말을 자신들의 아들도 여기는 것 같았다.

날이 이미 환히 밝았다. 말은 한 차례 코 투레질을 하여 이미 얼다오허즈에 도착했음을 알렸다. 과연 남자가 수레에서 뛰어내려 먼저 손으로 땀에 촉촉이 젖은 말 등을 쓰다듬으며 한없이 가련하다는 듯이 말했다.

"아이고, 이 땀 좀 봐! 너무 불쌍해서 더는 널 부려먹지 못하겠다."

그러면서 고개를 돌려 수레 뒤에 탄 오랜 반려자 쪽을 바라보았다. 순간 그는 놀라움을 금치 못했다. 마누라가 보이지 않았던 것이다! 그는 오줌이 마려워서 소변을 보러 갔으려니 생각하고는 근처 밀밭과 들판을 둘러보았다. 하지만 아무 것도 발견하지 못했다. 평소에는 마차가 멈춰 서고 노인이 뛰어내릴 때까지 그녀는 여전히 수레 뒤에서 모든 것을 잊은 채 잠을 자고 있었다. 그럴 때면 노인이 소리를 질렀다.

"이봐, 할망구. 어서 일어나. 안 일어나면 해가 서산에 지고 말거라고!"

할멈은 마지못해 일어나 앉아 편안하고 힘 빠진 모습으로 오는 길 내내 꾸었던 꿈 얘기를 늘어놓곤 했다. 그녀의 꿈은 아주 많았고 하나같이 희귀하고 이상했다. 나뭇잎에 날개가 돋았다느니, 밀 나락에 진주가 숨겨져 있었다느니, 말이 강가에서 노래를 불렀다느니, 쥐가 붉은 꽃을 입에 물고서 공중에 있는 까마귀에게 청혼을 했다느니 하는 얘기였다. 이런 얘기를 듣고 있으면 노인은 예순이 넘은 할멈이 열여덟, 열아홉 소녀의 마음을 갖고 있다는 생각이 들곤 했다. 노인은 이해가 되지 않았다. 젊었을 때는 꿈꾸는 걸 싫어하던 여자가 어째서 만년에 들어 산을 밀어버리고 바다를 뒤집듯이 꿈이 용솟음치는 건지 알 수 없었다.

"할멈, 어딜 간 거야? 안 보이니까 소리라도 좀 내봐!"

노인이 소리쳤다.

말은 제자리에 서서 불안한 마음으로 네 다리를 움직이고 있었다. 주인이 왜 수레를 몰지 않는지 답답하기만 했다. 자신을 속박하고 놓아주지 않는 밧줄을 끊어버리고 홀가분한 기분으로 초장 위에서 쉬고 싶었다.

노인은 할멈의 목소리가 들리지 않자 다급해졌다. 문득 할멈이 수레 바닥에 숨어 자신과 술래잡기를 하려는 게 아닌가 하는 생각이 들었다. 그녀는 젊었을 때 자주 노인을 상대로 이런 장난을 치곤 했다. 노인은 있는 힘을 다해 허리를 구부려봤지만 수레 밑에는 진흙이 잔뜩 묻은 바퀴 두 개 외에는 아무 것도 보이지 않았다. 그제야 노인은 할멈이 도중에 수레에서 떨어졌다는 것을 깨닫게 되었다. 노인은 자신의 부주의를 탓하면서 잠시 졸았던 것을 후회했다. 어쩌면 용변을 보러 도중에 뛰어내렸다가 마차를 따라잡지 못한 것인지도 몰랐다. 노인은 서둘러 수레를 돌려 할멈을 찾으러 되돌아갔다.

말은 노인이 할멈을 부른 소리를 듣고서 이미 주인이 제 때에 밧줄을 풀어주지 않는 이유를 알았다. 때문에 다시 길에 올라서도 전혀 게으름을 피우지 않았다. 이미 눈앞이 흐릿해질 정도로 지치긴 했지만 걸음에 더욱 속도를 냈다. 하지만 노인은 말이 천천히 달린다고 화를 냈다. 채찍이 없었던 그는 마차에서 내려 버드나무 가지를 꺾어다 쉴 새 없이 말을 때렸다. 아주 오랫동안 채찍 맛을 보지 않은 터라 통증에 대한 말의 감각은 유난히 민감했다. 말은 고개를 파묻고 죽어라고 달렸지만 노인은 조금도 사정을 봐주지 않고 계속 등에서 불이 나도록 나뭇가지를 휘둘렀다. 말의 눈이 흐려질 정도로 마구 후려쳤다.

대략 4리쯤 갔을까, 노인은 노란 꽃이 만개하고 풀이 무성한 습지로 둘러싸인 길에서 할멈을 발견했다. 할멈은 길 위에 가로로 누워 있었다. 잠을 자고 있는 것 같았다. 노인이 소리쳤다.

"왜 길바닥에서 자는 거야? 놀라서 죽을 뻔했잖아!"

노인은 긴 한숨을 내쉬며 수레에서 뛰어내려 할멈을 데리러 갔다. 말은 온몸이 땀범벅이었고 몸의 통증도 참기 어려웠다. 네 다리 가운데 떨리지 않는 다리가 없었다. 하지만 말은 노인처럼 할멈이 자고 있는 것이라는 그렇게 낙관적인 생각은 하지 않았다. 말은 할멈이 마차 위에서만 자기 좋아한다는 걸 잘 알고 있었다. 할멈은 땅바닥에서는 제대로 잠을 자지 못했다. 바람소리와 새 울음소리가 그녀를 깨웠고, 게다가 마차 달리는 소리가 이렇게 또렷한데 아직 깨어나지 않는다면 이미 죽은 것이 분명했다.

과연 노인은 할멈을 들어 옮기면서 이마가 온통 피투성이인 것을 발견했다. 땅바닥도 피로 얼룩져 있었다. 노인은 할멈의 얼굴을 가볍게 두드리면서 소리쳤다.

"우리 마누라, 뭐라고 말 좀 해봐!"

할멈은 입을 열지 않았다. 더 이상 그에게 기이하면서도 다채로운 꿈 이야기를 들려주지 않았다. 노인은 할멈이 숨을 쉬는지 시험해보았다. 미세한 호흡도 느껴지지 않았다. 다시 할멈의 거친 손을 만져보았다. 이미 가을날의 강물처럼 차가웠다. 사지도 뻣뻣하게 굳어 있었다.

노인은 다소 귀가 어둡긴 했지만 할멈보다 열 살이나 많은 그는 조금도 멍청하지 않았다. 그는 할멈이 죽었다는 것을 알았다. 그는 울지 않았다. 대신 특별히 억울하다는 듯이 말했다.

"어떻게 날겠다고 하더니 정말로 날아간 거야?"

그가 보기에 지금 자신의 품에 안고 있는 것은 할멈의 껍데기였다. 진짜 할멈은 이미 몸을 빼내서 날아가버린 것이다.

가벼운 바람이 태극권을 하는 것처럼 천천히 여유 있게 불어왔다. 바람의 주먹과 발이 떨어지는 곳마다 가져오는 파동은 제각기 달랐다. 예컨대 풀 위에 떨어지는 바람은 풀의 허리를 꺾어

놓았고 노란 꽃 위에 떨어지는 바람은 끊임없이 꽃향기를 훔쳐다가 마음대로 길 가는 말이나 나비에게 줘버렸다. 할멈의 몸에서 유일하게 움직일 수 있는 것은 머리카락이었다. 그 성긴 백발이 바람에 춤을 추듯 휘날렸다. 영감에게 마지막 작별인사를 하는 것 같았다. 영감은 그 진한 꽃향기를 맡으며 감상에 젖어 말했다.

"이 노란 꽃들이 좋으면 내게 말을 하지 그랬어. 내가 우리 집 마당에도 하나 가득 이 꽃을 심어 할멈이 마음껏 즐기게 했을 것 아냐!"

말은 영감이 할멈을 힘들게 안아 수레에 태우는 모습을 바라보고 있었다. 그런 다음 대체 그 길 위에 뭐가 잘못 되어 있었는지 자세히 살피기 시작했다. 그 결과 말과 영감이 동시에 사건의 원인을 발견했다. 노면이 오른쪽으로 치우친 곳에 돌이 하나 튀어나와 있었다. 그 돌 윗부분이 대나무순 끝처럼 뾰족해 살인자의 역할을 하기에 충분했다. 그 돌은 이미 피로 물들어 있었다.

"너 이 염라대왕이 보낸 귀신아, 내가 널 발로 차서 죽여버리고 말테다!"

영감이 포효하면서 있는 힘을 다해 그 돌을 발로 찼다. 하지만 돌은 까딱도 하지 않았다.

"이 늑대 이빨 같은 놈, 내가 널 뽑아버리고 말테다!"

영감은 여전히 소리를 질러대며 무릎을 꿇고 앉아 손으로 그 돌을 파내기 시작했다. 하지만 돌은 여선히 피로 붉게 물든 이빨을 드러내고 노인을 바라보면서 태연한 모습을 보였다.

"너 이 눈깔도 없는 탄알 같으니라고, 내가 네놈의 혼까지 부쉬버릴 테다."

영감은 주먹과 발이 전부 소용이 없자 마차로 가서 곡괭이를 가져다가 있는 힘을 다해 돌을 때리기 시작했다. 이번에는 돌도 버티지 못하고 처음에는 끙끙 신음을 하더니 나중에는 불꽃을 튕기면서 순식간에 지리멸렬하게 부서지고 말았다.

그 곡괭이는 원래 백합 뿌리를 캐는 데 쓰려던 것이었다. 할멈은 천식이 있어 항상 백합 뿌리로 죽을 쑤어 먹었다. 영감은 곡괭이를 조심스럽게 다시 수레에 가져다놓은 다음, 할멈의 뺨을 어루만지며 울었다.

영감과 말은 마을을 향해 걸어갔다. 영감은 더 이상 수레 끌채에 타지 않았다. 할멈을 안고 수레 뒤에 탔다. 영감은 할멈이 너무 곤히 잠들어 있다가 몽롱한 상태에서 마차가 흔들려 땅바닥으로 떨어진 것이라고 생각했다. 땅에 떨어지는 순간, 그 재수 없는 돌에 머리가 부딪쳐 한 순간에 세상을 떠나게 된 것이라고 생각했다.

이렇게 보잘 것 없는 돌이 그녀의 목숨을 앗아갔다는 사실이 영감은 잘 이해가 되지 않았다. 할멈은 땅에 떨어지자마자 죽은 걸까? 할멈이 자신을 부르진 않았을까? 안타깝게도 그의 귀는 젊었을 때처럼 그렇게 예민하지 못했다. 게다가 일단 마차가 달리기 시작하면 들리는 것이라곤 말발굽소리 뿐이었다. 다른 소리는 전부 소리 없이 지워져버렸다. 이런 생각을 하자 문득 말이 미워졌다.

그럼 말은 어땠을까? 말은 걸으면서 마음이 몹시 무거웠다. 말은 자신을 책망했다. 할멈이 땅에 떨어진 것은 자신의 걸음걸이가 예전처럼 편안하지 않았기 때문일 것이다. 다리가 항상 떨렸고 수레도 덩달아 덜컹거렸기 때문일 것이다. 틀림없이 수레가 흔들려서 땅바닥으로 떨어졌을 것이다. 게다가 더 용서할 수 없는 것은 수레를 모는 영감이 사람이 하나 줄어든 것을 감지하지 못했다는 것이다. 그가 수레를 끄는 것이 아니기 때문이었다. 말이 수레를 끄는 과정에서 무게가 줄어들면 이를 감지했어야 했다. 하지만 말은 아무 것도 느끼지 못했다. 말은 폐물이었다. 말은 이런 상황에서 풀을 먹지 않는 것이 가장 바람직하다고, 이렇게 삶을 끝내버리는 것이 낫다고 생각했다.

2리 정도 길을 가다가 영감이 갑자기 말을 세우더니 수레를 돌리게 했다. 다시 얼다오허즈를 향해 가기로 한 것이다. 그는 할멈이 이미 죽었으니 마을로 데리고 가봤자 아무 소용이 없다고 생각했다. 할멈은 그곳을 좋아하지 않았다. 할멈은 얼다오허즈의 밀밭을 더 좋아했다. 하지만 방향을 돌려 얼마 가지 않았을 때, 영감은 또 생각을 바꿨다. 할멈의 관이 집에 있다는 사실이 생각났기 때문이다. 할멈은 결국 관에 들어가야 장례를 지낼 수 있었다. 이리하여 다시 말에게 방향을 돌리게 하여 마을을 향해 가게 되었다. 말은 정력이 고갈되었지만 주인의 생각을 충실하게 이행했다. 이렇게 말과 영감은 해가 중천에 이를 때까지 계속 걸었다. 정오가 되었다. 날이 더워지기 시작했다. 말은 목이 마르고 혀가 타들어갔다. 이때 영감은 또 생각을 바꿨다. 영감은 말의 방향을 돌려 다시 얼다오허즈를 향해 달리게 했다. 할멈을 그녀가 좋아하는 곳에 묻고 싶었기 때문이다. 그는 할멈을 움막 뒤에 내려놓고 다시 마을로 가서 관을 가져와도 결과는 마찬가지라고 생각했다. 이리하여 마차는 다시 맨 처음 노선으로 달리기 시작했다. 말은 또 할멈에게 사고가 났던 지점을 지나쳐야 했다. 말에게는 이것이 고통일 수밖에 없었다. 하지만 말은 사람의 뜻을 좋은 쪽으로만 이해했다. 주인이 그에게 하라고 하는 데는 반드시 그럴 만한 이치가 있다고 생각했다. 약 두 시간쯤 달려 이미 얼다오허즈에 가까워졌을 때, 영감은 또 생각을 바꿨다. 할멈을 혼자 움막 안에 두었다가 만에 하나 늑대나 곰이 찾아오면 반항할 힘이 없는 할멈이 야수의 먹이가 될 수도 있다고 생각한 것이다. 이런 생각을 하니 영감은 몹시 두렵고 떨렸다. 그는 곧장 방향을 돌려 마을을 향해 가기로 했다. 영감은 그래도 할멈에게 마지막으로 몇 십 년을 살았던 곳을 다시 보게 해주는 것이 낫겠다고 생각했다. 이리하여 말은 이날 풀도 전혀 못 먹고 물도 마시지 못했고 영감도 아무 것도 먹지 못했다. 영감과 말은 마을과 얼다오허즈 사이를 계속 왔다 갔다 하면서 배회하다가 황혼 무렵이 되어서야 죽도록 지친 몸으로 마을에 도착했다.

할멈의 장례는 얼다오허즈에서 치러졌지만 파란곡절이 많았다. 길이 너무 먼데다 장례 행렬을 배웅하는 사람들이 대부분 마을 입구까지밖에 나오지 않았다. 영감도 남들이 따라오는 것을 꺼렸다. 영감은 자신과 할멈과 말, 이렇게 세 식구면 충분하다고 생각했다. 사람들이 뒤에 따라오는 것은 순전히 쓸데없는 짓이었다. 말이 붉은 관을 끄는 동안 영감은 여느 때와 다름없이 끌채 위에 앉아 있었다. 그는 말발굽소리를 들으면서, 들판의 푸른 풀과 들꽃들을 바라보면서, 희미한 새 울음소리를 들으면서 햇빛 찬란한 세월 속을 걷고 있었다. 말과 영감은 아주 천천히 걸었다. 말과 영감에게는 공통된 소원이 하나 있었다. 할멈에게 마지막으로 그녀가 좋아하는 여정을 즐기게 해주는 것이었다. 사고가 난 지점에 이르자 영감은 특별히 말을 세우고 수레에서 내려 풍점초 군락에서 꽃을 한 다발 꺾어다가 관 위에 얹어주었다. 그런 다음 계속 갈 길을 갔다. 길을 가면서 영감은 할멈이 살아 있을 때의 세세한 일들을 회상했다. 머리를 빗는 할멈의 자태와 만족스런 식사를 했을 때의 표정, 화를 내면서 빗자루를 내던질 때의 분노한 모습을 회상했다. 영감은 정말로 할멈이 그리웠다.

얼다오허즈에 도착하자 영감은 마차에서 짐을 부린 다음, 말을 강가로 끌고 가서 물을 먹였다. 그런 다음 자신도 요기를 하고 적당한 자리를 택해 묘혈을 파기 시작했다. 그는 이 묘지의 풍수가 나쁘지 않다고 생각했다. 좌우 양쪽에 밀밭이 있고 앞에는 들판이 펼쳐져 있으며 뒤에는 강물이 있었다. 영감이 보기에 먹을 것과 마실 것이 있고 놀 것도 있는 유일무이한 곳이었다. 그가 묘혈을 파는 동안 말도 그 옆에 서 있었다. 영감이 말에게 말했다.

"할멈이 죽어서 내가 무덤을 파고 있는 거야. 내가 죽으면 네가 무덤을 파줄 수 있겠니?"

말은 발굽으로 영감이 파 올린 흙을 다졌다. 자신이 땅을 파는 것도 가래에 뒤지지 않는다는 뜻이었다. 영감은 사랑스럽다는 듯이 말의 귀를 쓰다듬어주며 말했다.

"너는 참 좋은 형제야."

묘혈은 해가 질 때쯤에야 간신히 완성되었다. 영감은 할멈을 묘혈로 내리는 과정에서 한 가지 골칫거리를 발견했다. 혼자서는 관을 묘혈 안으로 옮길 수 없었던 것이다. 처음에 이 관이 마차에 실릴 때는 이웃 사람들이 도와주었다. 영감은 한숨만 연발했다. 그가 할멈에게 말했다.

"에이, 할멈을 조용히 보내주려고 사람들이 따라오지 못하게 했는데 나 혼자서는 할멈을 묻어줄 수 없을 것 같구려. 말은 또 사람이 아니라서 부려먹을 수 없으니 내가 어떻게 했으면 좋겠소? 여긴 전후좌우에 사람 그림자 하나 보이지 않으니 마을로 가

서 사람들을 불러오지 않는다면 할멈이 손오공처럼 법술을 부려
관을 종잇장처럼 가볍게 만들지 않는 한, 내가 할멈을 안고 함께
무덤에 들어가는 수밖에 없을 것 같구려."

영감은 자신의 이 말이 뭔가 작용을 할 것이라고 생각했다. 그
의 마음속에서 할멈은 못하는 것이 없기 때문이다. 할멈은 그토
록 신비한 꿈을 꿀 수 있으니 관을 가볍게 하는 것은 손바닥 뒤
집는 것처럼 쉬운 일일 거라고 생각했다. 영감은 잠시 멈췄다가
확실한 믿음을 갖고 관을 다시 옮기기 시작했다. 하지만 관은 아
주 조금 움직일 뿐이었다. 다급해진 그는 거의 울음이 터질 것만
같았다. 그는 사람 하나를 데려와야 한다는 걸 미처 생각하지 못
한 자신이 정말 멍청하다고 생각했다. 또한 그걸 일깨워주지 않
은 마을 사람들도 멍청하다고 생각했다. 하지만 어쩌면 사람들은
이 일을 영감 혼자 해내지 못할 것이라는 점을 간파하고 있었을
지도 모른다. 그에게는 아들이 없기 때문이다. 그들은 일부터 영
감을 어려움에 빠뜨린 것이다.

영감은 속수무책이었다. 해는 하늘에서 하루 종일 놀다가 곧
서산으로 떨어지려 하고 있었다. 하늘에도 흙먼지가 있는 것이
분명했다. 하늘의 흙먼지는 쇠 녹처럼 붉은빛이었다. 해의 몸을
한 겹 한 겹 붉은 꽃잎이 감싸고 있는 것이다. 영감이 말에게 말
했다.

"여기에 할멈과 함께 있어. 나는 밤새 마을로 돌아가 사람을

데려올 테니까. 내가 돌아왔을 때 늑대나 곰이 할멈을 마구 찢어 놓은 걸 보는 날에는 나도 너한테 예의를 갖추진 못할 거야!"

말이 히힝 하고 코투레를 하며 입으로 관을 밀었다. 할멈이 그 안에 있는 이상 늑대나 곰이 어떻게 하지 못할 것이라는 뜻이었다.

영감이 손전등과 호신 장비를 챙겨 마을로 돌아가려 할 때(여기서 호신은 맹수들의 습격에 방비하는 것을 말한다) 갑자기 말의 귀가 새가 날개를 펴는 것처럼 갑자기 마구 움직였다. 말은 뭔가 이상한 소리를 들을 때만 이런 행동을 보였다. 영감은 두려운 마음에 유일한 길 쪽을 바라보았다. 영감의 눈에는 아무 것도 보이지 않았다. 그는 말도 허장성세를 부릴 때가 있다고 생각했다. 영감이 막 출발하려 할 때, 저 앞에서 말을 타고 오는 사람이 보였다. 영감의 심장이 미친 듯이 뛰기 시작했다. 마음속으로 할멈이 정말 사람들에게 베푼 것이 많다는 생각이 들었다. 평소에는 이곳에 사람이 없는데 그에게 사람이 가장 필요한 중요한 순간에 누군가 그를 도우러 오고 있는 것이었다. 그는 감격하여 울음이 터질 것만 같았다.

하지만 영감은 찾아온 사람을 별로 좋아하지 않았다. 그는 목수 왕王씨였다. 그는 설청색 말을 타고 왔다. 그 말은 영감의 말보다 훨씬 멋있었다. 왕씨는 또 깨끗한 파란색 옷을 입고 있었고 말 등에는 고기 잡는 작살과 어망이 실려 있었다. 보아하니 얼다오허즈로 고기를 잡으러 가는 모양이었다.

"제가 뭐 좀 도와드릴 일이 있을까요?"

목수 왕씨가 말에서 뛰어내리며 영감에게 큰 소리로 말했다.

영감은 잠시 망설이다가 애써 질투심을 참으면서 말했다

"이보게, 손 좀 빌림세. 나 혼자서는 관을 옮길 수가 없을 것 같네."

왕씨가 빙긋이 웃자 영감은 그의 웃음 속에 조롱의 의미가 담겨 있음을 감지했다. 그는 영감보다 열 살이나 젊었고 몸도 대단히 건장했다. 한 끼에 밥을 다섯 그릇이나 먹을 것 같았다. 과거에 그는 영감과 마찬가지로 할멈을 좋아했었다. 하지만 할멈은 가난해서 서른이 넘도록 마누라를 얻지 못한 이 노총각을 선택했다. 영감은 당시에 왕씨가 너무 슬퍼서 자신과 할멈의 혼례 때 대취하여 탁자 밑으로 기어들어가 뻗은 것을 다른 사람들이 집까지 데려다주었던 일을 아직도 기억하고 있었다. 이 일이 동방화촉의 밤에 즐거움을 크게 경감시켰다. 영감은 이 일 때문에 줄곧 그를 찜찜하게 생각했다.

영감은 왕씨에게 관의 아랫부분을 들게 하고 자신은 윗부분을 들었다. 하지만 뜻밖에도 너무 힘에 부쳐 제대로 들 수가 없었다. 애당초 드는 자세부터 안정적이지 못했다. 하는 수 없이 왕씨와 자리를 바꿔야 했다. 왕씨에게 윗부분을 들게 하고 자신이 아래 부분을 들었다. 있는 힘을 다해 관을 묘혈 안으로 집어넣고 나자 영감은 이미 지쳐 다리가 후들거렸다. 영감은 몹시 억울했다. 마지막으로 왕씨가 할멈의 머리를 안고 자신은 다리와 발을 안아 자기가 제대로 힘을 쓸 수 없었다는 생각이 들었다. 영감이 탄식하면서 잠시 멈추고는 괭이로 묘혈에 흙을 더 쏟아 부었다. 왕씨는 이런 영감의 의도를 알아차리고는 가버렸다. 그는 강으로 고기를 잡으러 갔다. 영감은 그가 고기를 잡으러 간다는 말은 틀림없이 핑계일 것이고, 영감이 혼자서 매장을 마무리하는 것이 힘에 부치는 일이라는 것을 알고서 일부러 가버렸다고 생각했다. 게다가 왕씨는 틀림없이 마지막으로 자신이 사랑했던 여인을 직접 보내고 싶었을 것이라는 게 영감의 판단이었다. 영감은 "휘이— 휘이—" 외치며 흙을 뿌렸다. 석양이 황금빛 잔광을 묘혈 주위로 뿌렸다. 영감은 자신이 그 부드럽고 아름다운 빛무리도 함께 묻고 있다고 생각하자 마음속으로 큰 위안이 되었다.

목수 왕씨는 그다지 오래 물고기를 잡지 못하고 밤새 말을 타고 마을로 돌아왔다. 이는 더더욱 영감의 추측을 실증하는 일이었다. 날이 어두워지자 영감은 묘지를 떠나 움막으로 돌아와 기름등을 켜고 불을 피웠다. 그러고는 둔한 몸짓으로 식사를 준비했다. 비빔국수를 한 그릇 만들려 했던 그는 불의 세기를 제대로 조절하지 못해 태우고 말았다. 국수는 거의 풀이 되었다. 닥닥 긁어서 식사를 마친 영감은 입김을 불어 기름등을 끈 다음 잎담배를 한 대 말아 피웠다. 할멈이 미치도록 그리웠다. 정말로 돌을 하나 구해다 자신을 쳐 죽이고 싶었다. 하지만 생각을 달리 하니 목수 왕씨가 온 것이 어쩌면 할멈이 마지막으로 그를 한 번 보고 싶어서 그녀의 영혼이 그를 불러온 것일지도 모른다는 생각이 들었다. 이런 생각을 하다보니 할멈이 자신에게 불충한 것처럼 느껴져 담배를 다 피우고는 이불 속에 들어가 자버렸다. 다음날 아침 일찍 잠자리에서 일어난 영감은 밀밭에 가서 일을 했다. 해가 뜰 때 나가 일을 하다가 해가 져서 돌아왔다. 그는 이곳에서 이렇게 장장 일주일을 멍하니 보냈다. 원래 두 사람이 하던 일을 영감 혼자서 하려니 아무래도 시간이 많이 걸렸다. 농사일을 마치고 말에 올라 마을로 돌아가려던 영감은 마차 위에 곡괭이가 놓여 있는 것을 발견했다. 잠시 정신이 흐려진 그는 갑자기 한가지 하지 않은 일이 생각났다. 백합 뿌리를 캐는 것이었다. 그는 황급히 곡괭이를 메고 들판으로 가서 백합을 몇 포기 찾아 그 하얀 뿌리를 캐내 주머니에 넣고서야 집으로 향했다. 마차가 노란 꽃이 만발해 있는 풀밭을 지날 때, 그는 문득 할멈이 이미 죽었기 때문에 그 백합뿌리를 먹을 사람이 없다는 사실이 생각나 처량한 마음으로 한 줌 한 줌 길에다 다 뿌려버렸다.

마을로 돌아온 영감은 거의 바깥출입을 하지 않았다. 그에게 닥친 가장 큰 문제는 식사를 해결하는 것이었다. 과거에는 항상 할멈이 밥을 해주었고 그는 입을 벌려 먹기만 하면 됐다. 지금은 솥과 그릇, 대야를 앞에 두고도 난처하기만 했다. 그는 밥을 할 줄도 몰랐고 채소를 볶을 줄도 몰랐다. 만터우饅頭나 자오즈餃子를 찌는 방법은 더더욱 몰랐다. 마을에는 밥집이 하나 있었다. 장진라이張金來가 연 집이었다. 영감은 하는 수 없이 그 집에 가서 식사를 해결했다. 사실 그는 그 집에 가고 싶지 않았다. 장진라이가 목수 왕씨의 사위였기 때문이다. 이 밥집은 여행의 계절이 되어야 장사가 좀 괜찮았다. 평소 외부 사람들이 찾아오지 않거나 마을에 혼례나 상례 같은 큰일이 없을 때는 아예 가게 문을 닫았다. 장진라이는 젊었을 때 얼나오허즈에서 폭약으로 물고기를 튀기다가 조심하지 않는 바람에 폭발해 다리 한 쪽을 잃었다. 장애인이 된 그는 농사일을 할 수 없어 밥집을 열었다. 조건이 좋지 못하니 목수 왕씨의 딸 슈에화雪花를 아내로 맞게 되었다. 슈에화는 선천성 소아마비를 앓고 있어 사지가 뒤틀려 있었다. 안팎으로 휘어지고 구부러진 나무 같았다. 길을 걸을 때는 몸을 떨었다. 발밑에 용수철이 달려 있는 것 같았다. 부부 두 사람 가운데 길을 시원하게 걸을 수 있는 사람이 하나도 없었지만 그들의 아들은 아주 건강하여 망아지처럼 패기가 넘쳤다. 게다가 부부 사이의 감정도 아주 좋아 누구도 상대를 저버리지 않았다. 두 사람 모두 장애가 있긴 하지만 고생을 두려워하지 않고 누구보다도 열심히 노력하여 집안에 텃밭을 가졌다. 이 텃밭에는 없는 채소가 없었다. 또한 돼지와 양, 닭, 오리 같은 가축도 키웠다. 영감은 처음에는 밥집에서 식사하는 것을 좋아하지 않았지만 며칠

다니다보니 익숙해졌다. 그는 아침 일찍 가서 죽을 한 그릇 먹었고 점심때는 밥 한 그릇에 야채 볶음 한 접시를 먹었으며 저녁에는 술 두 냥과 반찬 두 가지에 만터우를 하나 먹었다. 하루 지출이 20위안이나 됐다. 영감은 할멈과 함께 그렇게 많은 밀을 심었기 때문에 매년 수입이 수천 위안에 달했고 수중에 약간의 저축도 있었다. 두 사람에게는 아직 감옥에 있는 아들이 있었다. 영감은 이가 갈리도록 아들이 미웠다. 단 한 푼도 아들에게 남겨주고 싶지 않았다. 게다가 자신의 수의와 관도 몇 해 전에 이미 다 마련해둔 터였다. 그는 자신이 밥집에서 밥을 사먹는 것이 아깝지 않았다. 죽을 때까지 줄곧 이렇게 살 작정이었다. 그때까지 그렇게 먹을 수 있는 충분한 돈이 있었다. 그에게 가장 자유롭지 못한 것은 밥집에서 종종 목수 왕씨와 마주치게 된다는 것이었다. 그는 손자를 보러 와서는 문에 들어서자마자 큰 소리로 외쳤다.

"우리 착한 손자 어디 있나?"

그러면 아이는 어디서 놀고 있었는지 재빨리 달려 나와 "할아버지, 할아버지" 하고 외치며 회오리바람처럼 왕씨의 품으로 달려가 안겼다. 이런 모습을 바라보는 영감의 마음이 서늘했다. 마음속으로 아들이 제구실만 했다면 자신도 지금쯤 손자를 품에 안지 않았을까 하는 생각이 들었다.

영감의 아들은 두 번 감옥에 갔다. 두 번 다 강간죄 때문이었다. 이로 인해 영감 부부는 마을에서 면목이 없어 얼굴을 들고 다니지 못했다. 영감의 아들은 어려서부터 성격이 이상해서 사람들과 어울리는 것을 싫어했고 항상 혼자 다녔다. 사실 녀석은 여자를 좋아하지도 않았다. 도시에서 고등학교를 졸업하자 영감은 그가 농사꾼의 운명에서 벗어나지 못한다는 것을 간파하고는 배필을 마련해주기로 마음먹고 한 명 또 한 명 신붓감을 소개해주었지만 그는 전혀 흥미를 보이지 않았다. 결혼할 생각도 없었다. 영감과 할멈도 그다지 개의치 않았다. 마음속으로 늦게 사춘기를 맞는 사내들이 있으니 때가 되면 여자를 찾을 것이라 생각했다. 그때 가서 아들이 직접 여자를 찾게 하는 것이 낫다는 게 영감의 생각이었다. 어느 해 봄에 영감이 키우는 닭 몇 마리가 쉐민薛敏네 채소밭으로 기어들어가 밭 몇 뙈기의 시금치를 깡그리 쪼아 먹었다. 쉐민은 무지막지한 여자였다. 그녀는 영감이 배상하겠다고 해도 받아들이지 않았고 일을 저지른 닭을 주겠다고 해도 받아들이지 않았다. 그녀는 하룻밤 사이에 원래의 시금치가 그대로 다시 돋아나게 해놓으라고 요구했다. 정말로 사람을 난처하게 만드는 태도였다. 영감의 아들도 대충 넘어가지 않았다. 그는 그날 밤으로 쉐민의 집으로 쳐들어가 그녀를 강간해버렸다. 그때 쉐민의 남편은 조카의 혼례에 참석하러 고향에 갔다가 아직 돌아오지 않은 터였다. 다섯 살이던 쉐민의 어린 딸은 엄마가 강간당하는 것을 보고는 놀라서 울음을 터뜨렸다. 아이가 밖으로 뛰어나가 사람들에게 도움을 청하려 할 때 마침 재봉사 후胡씨가 그 옆을 지나고 있었다. 후씨가 아이를 따라 집으로 들어왔고 영감의 아들은 그 자리에서 붙잡히고 말았다. 재봉사 후씨는 뛰어난 재주를 갖고 있는 여자라 마을에서 먹고 입고 사는 데 문제가 없었고 사람들과의 관계도 좋아 다른 여자들의 질투를 샀다. 그녀가 쉐민을 대신해 신고했다. 영감의 아들은 징역 9년형에 처해졌다. 그를 심문하면서 법관이 왜 여자를 강간했느냐고 묻자 그가 대답했다.

"저 여자가 이치를 따지지 않고 막무가내로 억지를 부려 강간하는 것이 마땅하다고 생각했습니다!"

마을로 돌아온 쉐민의 남편은 사람들의 손가락질을 견딜 수 없어 호구를 정리하기로 마음먹고 쉐민과 이혼했다. 때문에 쉐민은 남편을 원망했고 영감과 할멈을 원망했으며, 딸을 원망하고 재봉사 후씨를 원망했다. 남편을 원망한 것은 부부의 정을 무시하고 자신을 버렸기 때문이고, 영감과 할멈을 미워한 것은 못된 아들을 두었기 때문이며, 딸을 원망한 것은 나가서 사람을 데려오지 말았어야 했기 때문이고, 재봉사 후씨를 원망한 것은 경찰에 신고하지 말았어야 했기 때문이다. 그랬다면 그녀는 치욕을 참으면서 아무 일도 일어나지 않은 것처럼 지낼 수 있었을 것이고, 여전히 양가 부녀의 이미지를 유지할 수 있었을 것이다. 그녀는 가끔씩 자신을 원망하기도 했다. 당시 영감네 일가를 그렇게 난처한 처지로 내몰지 않았다면 오늘의 이런 화는 면할 수 있었을 것이다. 사실 그녀는 입만 거칠었을 뿐이다. 당시 그녀는 마음속으로 돈을 조금만 더 보상해주면 된다고 생각했었다. 그녀는 영감 일가에게 닭으로 배상하게 할 생각도 없었다. 그녀는 가금 사육을 몹시 싫어했다. 결국 닭도 날아가고 계란도 깨져버린 꼴이 되고 말았다. 일이 철저히 어그러지고 만 것이다. 하지만 나중에 그녀는 재봉사 후씨를 미워하지 않게 되었다. 그녀도 자신과 똑같이 아주 짧은 시간에 완전히 망가져버렸기 때문이다. 영감과 할멈이 얼다오허즈에서 황무지를 개간하여 밀을 심기 시작한 것은 아들이 감옥에 간 뒤의 일이었다. 말도 바로 그때 영감 집으로 왔다. 나이는 두 살이었다. 영감 부부는 말을 끌고 가서 밭을 갈았다. 말이 조금이라도 쉬는 꼴을 보면 부부는 죽어라고 매질을 해댔다. 말이 뱀이나 족제비, 곰처럼 어슬렁거리기만 해도 사람들의 간담을 서늘하게 하는 동물이 되지 않고 하필 말이 된 것을 원망할 정도로도 심하게 매질을 했다.

9년이 지나 아들이 출옥하여 마을로 돌아왔다. 돌아온 그를 누구도 알아보지 못했다. 그는 키는 커졌지만 이상하게도 몸은 수척하고 창백하기만 했다. 게다가 남들과 얘기하는 걸 싫어해 대부분의 시간을 말과 함께 멍하니 보냈다. 때로는 말 우리에서 잠을 자기도 했다. 그가 깊은 밤에 울기도 한다는 사실은 말만이 알고 있었다. 그는 항상 말의 머리를 감싸 안고 뭐라고 말을 하곤 했다. 말은 사람의 말을 조금 알아들었지만 이 범죄자가 하는 말은 한마디도 알아들을 수 없었다. 이렇게 1년이 채 지나지 않아 그는 또 다시 감옥에 가게 되었다. 이번에 그가 강간한 여자는 재봉사 후씨였다. 하루는 할멈이 아들을 데리고 후씨를 찾아가 아들에게 바지를 하나 해주려 했다. 하지만 후씨는 아무리 부탁해도 그의 몸치수를 재려고 하지 않았다. 그의 몸이 닿기만 해도 위험하다고 여기는 것 같았다. 할멈이 그녀에게 부탁했다.

"내가 같이 있는데 이 애가 댁을 어쩌기라도 하겠소?"

그러자 후씨가 고결한 척하며 말을 받았다.

"저는 아주 깨끗한 사람이라 더러운 바지는 못 만들어요."

할멈은 하는 수 없이 씩씩거리며 아들을 데리고 집으로 돌아와야 했다. 후씨는 집에서 젖소를 한 마리 키웠다. 그녀는 그 소를 무척이나 아꼈다. 저녁이면 항상 젖소를 끌고 마을로 돌아오곤 했다. 할멈의 아들은 바지 만드는 것을 거절당한 다음 날 저녁 무렵, 초장에 숨어 있다가 후씨가 젖소를 몰고 나타나자 그녀를 풀밭 위에 눕혀 짓누르면서 시원하게 강간해버렸다. 이번에는 스스로 곧장 자수했다. 그가 강간의 동기를 털어놓았다.

"그 여자가 더러운 바지는 만들지 못하겠다고 하지 않겠어요? 그래서 그녀 자신이 더러운 바지를 입게 해줄 작정이었습니다."

체면을 중시하는 재봉사 후씨는 우물에 몸을 던져 자살했다. 영감의 아들은 재범인 데다 강간의 후유증이 컸기 때문에(후씨가 죽었다) 이번에는 중형을 선고받았다. 20년이었다. 그는 부모님을 돌아가실 때까지 모실 수 없다는 것을 알고는 일을 저지른 직후에 곧장 집으로 돌아가 말을 껴안고 말했다.

"네가 나 대신 두 양반을 끝까지 잘 모셔줘!"

이는 말이 알아들을 수 있었던 그의 유일한 한마디였다.

영감은 평소 밥집에서 밥을 먹었다. 저녁에 집에 돌아오면 휑한 구들에서 혼자 자야 했다. 그러다 그는 마구간으로 이사해 말과 함께 지냈다. 말과 같이 있으면 그렇게 처량한 생각이 들지 않았다. 이들이 두 번째로 감옥에 들어간 뒤로 영감은 약속이라도 한 듯이 말을 사람처럼 대했고 잠시도 말과 떨어지지 않았다. 말이 풀을 먹을 때 씹는 소리가 무척이나 부드러워 그 소리를 들을 때면 금방이라도 눈물이 나올 것 같았다. 그는 말도 자신과 마찬가지로 바람 앞의 촛불처럼 남은 생이 얼마 남지 않았다는 것을 잘 알고 있었다. 하지만 그는 자신이 말보다 먼저 죽고 싶었다. 말이 먼저 간다면 그가 살아 있는 것이 무슨 의미가 있겠는가?

영감은 일주일 남짓 되는 시간이 지날 때마다 한 번씩 말에 수레를 채우고 얼다오허즈로 갔다. 그곳에 도착하면 영감은 말에서 내려 할멈을 보러 갔다. 말도 그를 따라 할멈을 보러 갔다. 말과 영감은 잠시 우두커니 할멈을 보고 있다가 각자 자기 할 일을 했다. 영감은 밀밭으로 가서 일을 했고 말은 한가로이 초장을 돌아다녔다. 저녁이 되면 영감은 불을 피워 국수를 한 그릇 만들어 먹었다. 말은 그 붉은 불꽃을 보면서 그것이 밤에 피는 유일한 꽃이라고 생각했다. 잠자리에 들 시간이 되면 영감은 움막에서 묵었고 말은 풀밭 위에 누웠다. 말은 밤이슬의 촉촉한 숨결을 좋아했고 이름 모를 벌레들의 울음소리를 즐겨 들었다. 그런 소리를 듣고 있으면 정말이지 마음이 부드러워졌다. 말은 할멈이 그리웠다. 할멈은 성격이 세심해서 밤이면 자주 옷을 걸치고 나와 그를 살펴보았고, 종종 갈기를 빗겨주기도 했기 때문이다. 영감은 어땠을까. 영감은 확실히 좀 멍청하여 자기 자신도 제대로 돌보지 못했다. 옷을 빨 때는 비누도 골고루 칠하지 못했고 국수를 삶을 때도 항상 죽을 쑤기 일쑤였으며, 아침에 움막에서 일어나면 짐을 어떻게 싸야 하는지도 몰랐다. 게다가 가을에 제때에 밀밭에 허수아비를 세워놓으려면 지금 초장에서 풀을 베야 하지만 영감은 아무런 동태도 보이지 않았다. 말은 그를 일깨워주기 위해 한번은 낫을 입에 물고 영감 면전으로 가져다준 적도 있었다. 영감은 그런 속뜻을 전혀 알아채지 못하고 말했다.

"내가 아무리 고기가 먹고 싶어도 네 혀를 베어 먹지는 않아!"

말은 정말 유구무언이었다.

밀은 이삭이 패면 하루하루 알이 굵어지기 시작했다. 말과 영감은 예전과 마찬가지로 마을과 얼다오허즈 사이를 오갔다. 하루는 밥집에 간 영감이 외지에서 사생을 하러 온 화가를 우연히 만나게 되었다. 그는 장진라이의 집에 묵고 있었다. 사람들은 그가 무엇이든지 아주 똑같이 그릴 수 있다고 했다. 영감은 돈을 꺼내 할멈의 사진 한 장과 함께 그에게 주면서 할멈의 초상화를 문짝 만하게 그려달라고 부탁했다. 화가는 그의 부탁을 받아들이면서 일주일 뒤에 그림을 찾으러 오라고 했다.

그날이 되자 영감은 단정하게 옷을 차려 입고 특별히 나무 빗에 물을 적셔 몇 가닥밖에 남지 않은 백발을 특별히 반들반들하게 빗었다. 그는 밥집을 향해 다가가면서 약간 부끄럽기도 하고 흥분이 되기도 했다. 처음 할멈과 만나기로 약속한 버드나무 숲으로 갈 때와 같은 기분이었다. 그는 마침내 어두컴컴한 방안에서 할멈의 초상을 보게 되었다. 그림은 정말 문짝만큼 컸고 짙은 유채의 신선함이 뚝뚝 떨어지는 것 같았다. 할멈은 채색 옷을 걸치고서 빙긋이 웃는 얼굴로 그를 바라보고 있었다. 그녀의 등 뒤로는 풍작을 이룬 밀밭이 일망무제로 펼쳐져 있고, 밀밭 위에는 어슴푸레 한 남자와 말 한 필의 모습이 어른거렸다. 영감은 틀림없이 목수 왕씨가 자신의 생활 모습을 제공해준 것이라고 생각했다. 그렇지 않다면 화가가 그림을 이렇게 세련되고 생생하게 그려낼 수 없었을 것이다. 영감은 그림을 안고 집으로 돌아가는 길 내내 소리 내어 울었다. 할멈을 잃었다가 다시 찾기라도 한 것처럼 가슴에 기쁨이 가득했다. 그의 눈물이 그림 위에 떨어지자 그림은 더욱 생동감 있어 보였다. 할멈이 방금 강가에서 목욕을 하고 돌아오는 것 같았다. 영감은 먼저 그림을 마구간으로 들고 가서 늙은 말에게 보여주었다. 말은 그림을 보자마자 눈물을 흘렸다. 말이 혀를 내밀어 주황색 액자를 핥았다. 영감의 질투심을 불러일으킬까 두려워 감히 할멈을 핥지는 못했다. 마지막으로 영감은 그림을 집안 서쪽 벽에 걸었다. 이렇게 하면 햇빛이 동쪽 창문으로 들어와 그림이 더 생생한 빛을 발할 수 있었다. 할멈이 입을 벌려 그에게 말을 할 것만 같았다.

영감이 세상을 떠났다. 말은 그날 영감과 자신이 얼다오허즈에 갔던 것을 분명히 기억했다. 목적지에 도착해서 말은 한참 동안 멈춰서 있었다. 영감도 이전처럼 마차에서 뛰어내리지 않았다. 말은 고개를 돌려보려고 애를 쓰다가 영감이 수레 끌채에 앉아 있지 않고 마차에 대자로 누워서 미동도 하지 않고 있는 것을 발견했다. 말은 영감이 숨졌다는 것을 알게 되었다. 늙은 말은 오래 지체하지 않고 마차를 돌려 마을을 향해 갔다. 말은 마차 바퀴가 덜컹거리는 소리를 들으면서, 점점 어두워지는 하늘을 보면서, 수시로 하늘을 향해 제발 비를 내리지 말아달라고 기도했다. 비가 오면 주인의 몸이 젖기 때문이었다. 말은 어느 정도 달리다가 한 번씩 '히힝' 하고 울음소리를 냈다. 하늘을 향해 소리 내어 우는 것 같았다. 먹구름도 그의 진심에 감동했는지 잠시 한데 모이더니 점점 흩어져 사라졌다. 이렇게 해가 나오고, 길 위에는 말의 활기찬 그림자가 약동했다. 말은 부드럽고 맑은 그림자를 밟고 있었다. 들꽃이 가득 깔려 있는 작은 길을 밟고 있는 것 같았다. 네 발굽 모두에서 꽃향기가 나는 것 같았다.

늙은 말은 말을 밥집 앞에 세웠다. 말만이 목수 왕씨가 자기 주인을 얼마나 존중하고 관심을 보이는지 알고 있었다. 그는 할멈을 사랑했다. 평생을 사랑했다. 이 또한 말만이 알고 있는 사실이었다. 말이 한번만 본 것이 아니었다. 깊은 밤이면 목수 왕 씨는 종종 주인네 집 문 밖을 배회했었다. 그는 남들이 볼까 두려워 항상 마을에 사람 그림자가 없어질 때까지 기다려 밖으로 나왔다. 사실 그는 할멈이 밖으로 나와서 발 씻은 물을 버리는 그 순간을 기다린 것이었다. 마당을 사이에 둔 데다 날도 어두웠기 때문에 사실 그는 아무것도 제대로 보지 못했다. 그저 '좌아' 하고 물 뿌리는 소리와 가끔씩 들리는 그녀의 기침 소리를 들었을 뿐이다. 늙은 말은 주인집 아들이 처음 감옥에 들어갔을 때 할멈이 화병을 얻었던 것을 기억하고 있었다. 이때 목수 왕씨가 물고기를 몇 마리 잡아다가 한 줄로 꿰어 주인집 마당 안으로 던져 넣었었다. 이튿날 아침 일찍 일어나 물고기를 발견한 영감은 기쁨을 감추지 못하고 집안으로 들어가 할멈에게 누군가 몰래 물고기를 가져다주었다고 알렸다. 영감은 마음씨 좋은 사람이 자신들을 동정하여 몰래 이 물고기들을 가져다준 것이라고 여겼지만 할멈은 그 물고기들이 목수 왕씨가 가져다준 것이라는 사실을 잘 알고 있었다. 그 역시 아내를 얻고 자식도 낳았지만 줄곧 할멈을 잊지 못했다. 그가 이런 감정을 한 번도 말로 표현한 적은 없었지만 할멈은 잘 알고 있었다. 이번에 할멈을 매장해주었을 때도 말은 목수 왕씨가 특별히 얼다오허즈로 달려온 것이고, 물고기를 잡으러 가는 길이었다는 것은 그저 구실에 불과했다는 것을 잘 알고 있었다. 늙은 말은 목수 왕씨가 일부러 가벼운 표정으로 묘혈을 떠난 뒤에 그의 눈에서 한 순간에 눈물이 가득 쏟아졌던 것도 기억했다. 왕씨는 강으로 물고기를 잡으러 간 것이 아니라 마음껏 울기 위해 간 것이었다.

목수 왕씨는 영감을 얼다오허즈에 묻어 그가 사랑하는 할멈 곁에 있게 해주었다. 그를 떠나보내는 사람들이 일제히 흩어져 돌아간 뒤에 목수 왕씨는 남몰래 들꽃 한 다발을 꺾어 할멈의 무덤 앞에 두었다. 그러고는 낮은 목소리로 그녀에게 말했다.

"진작부터 꽃을 따다 주고 싶었지만 줄곧 기회가 없었어요. 나중에 여름이 되면 또 꽃을 따다 줄게요."

촌장이 나서서 영감네 집을 봉쇄했다. 그는 이 집의 상속권은 당연히 복역 중인 그 강간범에게 있지만 그에게 이 집을 누릴 복이 있는지는 모르겠다고 말했다. 말에 대해서는 모두들 너무 늙어 농사도 지을 수 없으니 죽여서 고기를 나눠 먹자는 데에 의견을 모았다. 말을 잡기로 한 날, 도축인은 일찍부터 와 있었다. 그는 마구간에 애당초 말이 없는 것을 발견하고는 촌장에게 가서 물었다. 촌장은 이 축생이 자기 주인과 떨어질 수 없을 거라면서 아마 얼다오허즈에 갔을 거라고 말했다. 그 누구도 늙은 말 한 마리 때문에 얼다오허즈까지 다녀올 마음이 없었다. 모두들 말을 잡는다 해도 고기가 너무 늙어서 하루 종일 삶아도 흐물흐물해지지 않을 것이고 맛도 좋을 리 없을 거라면서 더 이상 말을 마음에 두지 않았다.

가을이 왔고 밀이 누렇게 익었다. 밀밭에 허수아비가 없었던 까닭에 새들이 무리를 지어 날아왔다. 이미 너무 말라 피골이 상접한 말은 있는 힘껏 새들을 내쫓았다. 하지만 그가 힘들게 한 무리를 쫓아내면 또 한 무리가 날아왔다. 이 새들은 밀밭을 완전히 낙원으로 여기고 있었다. 늙은 말은 주인에게 미안했다. 새를 쫓기 위해 그는 밀밭을 이리저리 뛰어다녔다. 숨이 턱에 차오르면서 점점 기력이 떨어졌다. 말은 자신의 생명이 이미 막바지에 이르렀음을 직감했다. 하루는 늙은 말이 강가에 가서 물을 마시고 돌아오다가 보리밭에 두 사람의 그림자가 나타난 것을 발견했다. 두 여인이었다. 다름 아니라 쉐민 모녀였다. 쉐민은 이미 노쇠하여 얼굴에 주름이 가득했다. 그녀가 이혼한 뒤로 누구도 그녀를 다시 아내로 맞이하지 않았다. 그녀는 딸 인화印花와 서로를 의지하며 살았다. 인화는 스물한 살로 생김새가 수려했지만 머리는 조금 모자라는 편이라 고등학교를 졸업하지 못하고 고향으로 돌아와 농사일을 하고 있었다. 늙은 말은 주인집에서 요 몇 년 사이에 물건이 자주 없어진 것이 전부 쉐민의 소행이라는 걸 잘 알고 있었다. 그녀는 자신의 비극이 전부 영감 일가의 손에 의해 이루어진 것이라 여겼다. 그리하여 그녀는 쌀이 떨어지면 밤에 영감 집 곳간에 들어가 퍼갔고, 땔감이 떨어지면 인화를 보내 가져오게 했다. 영감과 할멈은 물건을 잃어버리는 횟수가 많아지자 밤에 유심히 동정을 살폈다. 두 사람은 쉐민이 도둑질하는 것을 발견하고서도 뭐라고 말하기가 난처해 그냥 모르는 척 내버려두었다.

쉐민은 영감과 할멈이 수확을 하기 전에 죽은 것이 몹시 기뻤다. 그녀가 보기에는 풍작을 이룬 이 밀이 의심의 여지없이 전부 자신의 소유로 돌아갈 것 같았다. 그녀는 날카로운 낫을 두 자루 챙겨가지고 가서 인화와 함께 밀을 베기 시작했다. 쉐민은 이미 밀을 살 사람과도 연락을 해둔 터였다. 그녀는 밀을 팔면 시내로 가서 예스러운 남색 공단 솜저고리를 하나 사고 인화에게는 나사 바지를 사줄 심산이었다. 그리고 남는 돈은 저축할 생각이었다. 하지만 쉐민은 밭 한 귀퉁이를 베고 나서 늙은 말의 습격을 받게 되었다. 말은 강가에서부터 황급히 달려와 발굽으로 쉐민이 휘두르고 있는 낫을 걷어찼다. 그녀는 하마터면 말을 알아보지 못할 뻔했다. 말은 너무 말라 전혀 다른 모습이었다. 달릴 때는 그 헐렁헐렁한 배가 시계추처럼 왼쪽으로 한 번 오른쪽으로 한 번씩 흔들렸다. 말은 그녀 앞에 서서는 쉬지 않고 몸을 떨었다. 사람이 감기에 걸려 오한이 든 것 같았다. 하지만 말의 눈은 맑고 투명했다.

"너는 정말 개보다 더 충성스럽구나!"

쉐민이 늙은 말에게 말했다.

"네 주인들은 다 죽었어. 그들은 너를 버리고 돌보지 않는데 너는 무엇 때문에 그들 일에 간섭을 하고 있는 거야!"

그녀가 낫을 내려놓고 말에게 말했다. 쉐민은 일을 멈췄지만 인화는 여전히 낫을 휘두르고 있었다. 늙은 말이 또 다시 다가가 그녀를 저지했다. 인화가 몸을 일으켜 늙은 말에게 말을 하는 사이에 쉐민이 다시 밀을 베기 시작했다. 인화가 말했다.

"네가 감히 나를 발로 찬다면 내가 이 낫으로 네 다리를 베어 저녁에 네 고기를 구워 먹을 테다."

늙은 말은 인화를 걷어차진 않았지만 그녀의 낫을 걷어찼다. 인화가 밀밭에 떨어진 낫을 주워 손을 재빨리 움직여 말의 앞다리를 베어버렸다. 말은 정말로 늙은 터라 밀밭에서 꼼짝도 못하게 되었다. 말의 다리에서 점점 피가 흘러 나왔다. 피는 방금 베어 뉘어놓은 밀 더미를 붉게 물들였다.

쉐민은 말이 쓰러진 것을 보고 노래를 부르기 시작했다. 그녀의 노랫소리가 떨어지기 무섭게 새들이 날아왔다. 새들도 노래를 부르기 시작했다. 늙은 말은 다시 일어설 수 없었다. 말은 '삭- 삭삭- 삭삭' 밀 베는 소리를 듣고 있었다. 눈물이 이슬방울처럼 뚝뚝 떨어졌다.

그날 저녁 쉐민과 인화는 밥을 먹고 나서도 여전히 흥이 다하지 않아 불을 피워 밀을 구워 먹었다. 신선한 밀은 정말로 맛있었다. 너무 맛있어서 자초지종을 다 잊었다. 인화가 엄마에게 늙은 말을 잡을지 말지 물었다. 어차피 죽었는데 피를 흘리는 모습을 보니 너무 불쌍하다는 것이었다. 쉐민이 말했다.

"말이 너무 시원하게 죽게 해선 안 돼. 그 집은 우리에게 빚진 게 너무 많단 말이야!"

"말이잖아요. 사람이 아니라고요!"

인화가 말했다.

"다른 집에 있었다면 말이겠지만 그 집에 있으면 사람이지!"

쉐민이 큰소리로 말했다. 늙은 말은 이렇게 사흘이나 밀 베는 소리를 듣다가 결국 조용히 죽었다. 쉐민과 인화가 말의 가죽을 벗기고 좋은 부위의 고기를 발라내 구워먹으려 할 때, 목수 왕씨가 말을 타고 얼다오허즈에 나타났다. 그는 물고기를 잡으러 왔다고 말했다. 쉐민이 말가죽을 벗기려 하는 것을 보고 그가 저지하며 말했다.

"두 양반의 밀을 가졌으면 그걸로 됐소. 이 말은 두 분이 가장 소중히 여기던 가축이니 고스란히 두 분에게 돌려주는 게 나을 거요."

쉐민은 밀을 팔아버리기 전에 문제를 일으키고 싶지 않아 목수 왕씨의 건의를 따랐다. 왕씨는 구덩이를 파고 늙은 말을 영감과 할멈 바로 옆에 묻어주었다. 불룩 솟은 세 기의 무덤 가운데 하나는 말의 무덤이라는 사실을 아무도 알지 못했다.

밀 수확이 곧 끝날 황혼 무렵, 쉐민은 먼저 움막으로 밥을 지으러 갔고, 인화는 좀 더 베겠다고 했다. 날이 어두워질 때쯤 쉐민이 밥을 다 해놓고 인화를 부르러 가려는 차에 인화가 돌아왔다. 날이 어슴푸레했지만 쉐민은 비틀거리며 걷는 딸의 모습을 볼 수 있었다. 그녀는 딸이 너무 피곤해서 그러려니 생각했다. 딸이 가까이 다가오고서야 쉐민은 딸에게 일이 생긴 것을 알았다. 딸의 머리카락은 산발이 되어 있고 옷이 갈기갈기 찢어져 있었다. 얼굴에는 도처에 눈물자국이었다.

"무슨 일이 생긴 거야?"

당황한 쉐민이 어쩔 줄 몰라 하며 물었다.

"어떤 사람이 갑자기 밀밭에 나타나더니 날 강간했어요!"

인화가 큰소리로 울면서 말했다.

쉐민은 하늘과 땅이 빙빙 도는 것 같아 몸을 가누지 못하고 땅바닥에 주저앉았다. 인화는 그 사람이 검은 복면을 쓰고 있고 눈과 코, 입만 내놓고 있어 애당초 그의 진짜 얼굴을 볼 수 없었다고 말했다. 그저 그의 힘이 세고 숨소리가 무거웠으며 몸에서는 말 같은 냄새가 나는 것을 느꼈을 뿐이라고 말했다.

"그 놈은 아니겠지?"

쉐민이 속으로 생각했다. 영감의 아들이 바로 온 몸에서 말 냄새를 풍기는 남자였다. 하지만 그는 아직 감옥에 있었다. 설마 그가 탈옥을 했거나 감형으로 앞당겨 나온 거란 말인가? 만일 그

놈이 아니라면 또 누가 그런 짓을 할 수 있단 말인가?

"난 이 밀이 정말 싫어요!"

인화가 울면서 하소연했다.

"이 일은 일어나지 않은 걸로 해. 누구한테도 절대 말하면 안돼!"

쉐민이 무릎을 치면서 대성통곡하며 말했다.

"귀신이 너를 강간한 거야!"

두 모녀는 잠시 그렇게 울다가 다시 평소처럼 밥을 먹었다. 이튿날 아침 일찍 모녀는 남은 밀을 전부 베었다. 그러고는 벌거숭이가 된 밀밭에 앉아 고개를 떨구고 이미 무뎌진 낫을 내려다보았다.

열섬

샤자
夏笳

여름밤은 영원히 여름밤이다. 창밖에서 불어 들어오는 눅눅한 더운 바람 때문에 쉽사리 잠들 수 없다. 이럴 때면 나는 늘 스스로에게 이야기를 들려주곤 한다. 간단한 이야기다. 무엇에 관한 얘기든 상관없다. 시간은 충분하다. 유일한 청중이 이렇게 조용히 충직한 자세로 기다리는데 굳이 억지로 지어내려고 조급해할 필요가 있을까. 그냥 시작하기만 하면 된다. 그런 다음 천천히 기다리면 된다. 무수한 생각의 파편들이 마음의 바다 깊은 곳으로부터 기포처럼, 또 물고기 떼처럼 휘돌아 솟아올라 어떠한 법칙에 의해 저절로 조립되고 모양을 갖추기를 기다린다. 수억 년 전 그 따뜻하고 순후한 원형질 액체로부터 진화해온 모든 신비로운 기적들처럼, 원초의 유기화합물이 생명으로 진화하고 마침내는 영혼을, 얇은 막에 싸인 연약하고도 민감한 영혼을 잉태하듯이 말이다.

보라. 지금의 나처럼 이렇게 편안하고 조용하게 혼자 구석진 곳에 웅크리고 앉아서 속삭인다.

"아주 오래 전에……"

그러고는 갑자기 쏟아진 폭우를 상상하기 시작한다.

아주 오래 전에, 섬에 갇힌 적이 있었다. 푹푹 찌는 뜨겁고 눅눅한 날씨였고, 매일 밤마다 비가 내렸다.

말 하고나니 겨우 지난해 여름에 있었던 일인데 마치 아주 오래 전의 일처럼 느껴진다. 6월이었다. 모두가 바쁜 것 같았다. 논문 쓰느라 바쁘고 맥주를 마시고 고기를 먹느라 바빴다. 댓글 다느라 바쁘고 댓글 달면서 논문을 쓰느라 바빴다. 나는 매일 실험실로 갔다. 날이 갈수록 휑해지는 캠퍼스를 가로질러 건물 5층까지 계단을 올라가 복도 맨 끝, 창문 하나 없는 작은 방으로 들어갔다. 컴퓨터 몇 대가 연중무휴 켜진 상태로 에어컨의 육중한 리듬에 맞춰 웅웅 소리를 냈다. 간혹 차단기가 떨어지기도 했다. 책상 위에는 흔들흔들 금방 이라도 무너질 듯이 책 더미가 쌓여 있었다. 이 밖에 언제부터 있었는지 모를 각종 생활용품들, 베개와 이불과 라켓과 운동화, 뜯어져 열려 있는 식품 봉지에서 흘러나오는 각종 냄새들, 그리고 다양한 브랜드의 커다란 커피 상자들도 있었다.

나는 가장 어둡고 구석진 자리에서 가장 낡고 오래된 컴퓨터를 사용하고 있었다. 램 메모리가 매트랩MATLAB조차 구동이 안 될 정도로 사양이 낮아서 아예 삭제해야 할 것들을 모조리 삭제해버렸다. 영화도 없고 게임도 없고 웹서핑도 하지 않으니 성능이 오히려 더할 나위 없이 안정적이었다. 사실 내가 하는 모든 작업은 기숙사에서 노트북으로도 다 처리할 수 있는 것들이었다. 매일같이 실험실까지 가서 아침저녁으로 이 구닥다리 컴퓨터와 씨름할 필요가 없었다. 「베이징 시 대기 경계층과 플럭스 구조 연구」라고 하면 얼핏 듣기에는 상당히 전문적이고 기술적인 내용이 풍부한 프로젝트 같지만 사실은 방대한 데이터와의 사투에 불과했다. 베이징 기상관측 철탑이 10여 년 동안 관측한 하계 관측 자료와 1기가가 넘는 두꺼운 부록 두 권을 합친 게 내가 처리해야 할 분량이었다. 내가 하는 일은 그저 이 데이터들을 입력하고, 그래프 곡선을 매끄럽게 보정하고, 노드를 추출하고, 각종 통계수치의 평균을 내고, 시간과 고도를 두 축으로 해 다양한 표를 만들고, 비교하고, 그래프를 그리고, 노이즈를 제거한 다음 다시 표를 만들고 그래프를 그리는 것이었다. 노동절 연휴가 끝난 이후 한 달 남짓 나의 일상은 매일 아침 잠자리에서 일어나 MP3를 충전하고, 집을 나서서 아침거리를 사들고, 공기가 아직 서늘한 틈을 타 서둘러 실험실로 들어가 컴퓨터를 켜고, 입력하고, 계산하고, 계산하고, 입력하는 일의 반복이었다. 이와 동시에 나는 이

어폰을 끼고 괴상한 스타일의 러시아 가요를 들으면서 머릿속으로 세상의 모든 끝을 종횡무진 누볐고, 도시락을 먹을 때는 지뢰 찾기 게임을 했다. 한 번 또 한 번 기록이 갱신되었다.

밝히지 않을 수 없는 것은 내가 이런 원시적인 생활을 좋아한다는 것이다. 세상과 단절된 환경 속에서 1980년대의 연구 작업을 하면서 심지어 나는 독학으로 엑셀의 부가기능인 함수와 코드를 이용하여 클라우드 컴퓨팅 분석기능을 가진 도표 시리즈까지 만들었고, 방대한 양의 데이터들을 내가 필요로 하는 방식으로 수많은 부문별 도표로 변환시킬 수 있었다. 일평균 THB(온도, 습도, 기압)와 월평균 THB, 고도 평균, 연도별 비교, 여기에 바람장미까지 도표화해야 했다. 이건 나중에 따로 설명해줄 수도 있지만 나는 바람장미라는 이름이 너무 좋았다. 6월이 되자 그 유령 같던 대학원생 선배들이 하나둘 사라지기 시작했고, 실험실을 통틀어 나와 또 다른 학부생 하나만 남게 되었다. 같은 리더를 위해 함께 일하고 있었지만 우리는 서로를 잘 알지 못했다. 그는 '물리학부의 레전드'에 해당하는 인물이었다. 이제껏 수업을 한 번도 안 들어갔는데도 늘 장학금을 탔고, 대학 2학년 때부터 이미 리더와 함께 프로젝트를 수행했다. 책상 위의 수많은 교재 가운데 중국어로 된 교재는 몇 권 없었다. 이런 사람의 세계와 나의 세계가 다른 것은 최첨단 막강 사양으로 빛나는 데다 어떤 모델명으로도 부를 수 없는 그의 컴퓨터와 역시 모델명이 없는 내 낡은 구닥다리 컴퓨터가 서로 다른 것과 같다고 할 수 있다. 알맹이부터 껍데기까지 차원이 다른 세계였다.

심지어 지금까지도 나는 그의 이름조차 정확히 모른다. 처음 인사를 나눈 것은 우울한 비가 끝없이 내리던 5월의 어느 오후였다. 대화의 시작도 끝도 모두 서로의 프로젝트에 관한 얘기였다. 그는 아주 전문적이고 기술적인 논평을 해주었고, 나는 아주 예의바른 자세로 경청했다. 그러고 나서 내가 그에게 무슨 일을 하느냐고 물었다. 그는 베이징 열섬효과의 모형수립 연구와 제어 변수 상관성 분석을 한다고 대답했다. 나는 그러냐고 하면서 머릿속으로 그 가운데 키워드에 대한 이미지를 만들어보려고 노력했다. 그가 전형적인 이공계 남자의 미소를 지어보이며 말했다.

"보세요. 베이징은 열섬효과가 아주 뚜렷한 대도시예요. 기저 표면의 녹지 비율이 낮고 복사율은 아주 높지요. 주변 환경과 비교하자면 육지와 바다의 물리적 특성처럼 서로 다르다고 할 수 있어요. 그 때문에 해륙풍 같은 국지순환 현상을 만들어내고요. 게다가 도시 자체가 분포가 균일하지 않은 거대한 열원이에요. 이러한 국지적 미기후microclimate의 변화 특징은 연구할 가치가 상당히 많거든요."

"아, 그래서 한 가지 모형을 수립하시는 거예요?"

"모형 수립은 첫 번째 단계예요. 시간이 가장 많이 소요되는 작업이죠. 모형의 우수성 여부는 방정식의 안정성과 경계조건의 정확도에 달려 있어요. 거기다 많은 초기 변수에 대해서도 적절한 예측이 이뤄져야 하지요. 사실 우리 두 사람의 프로젝트는 연관성이 상당히 많아요. 파트너인 셈이죠. 그쪽이 처리해서 얻은 데이터가 내 모형에 아주 유용해요. 앞으로 우리 서로 잘 협력합시다."

"협력이라니요. 대단하신 분이니 앞으로 제가 못하는 부분이 있으면 많이 도와주세요."

그는 계속 이공계 남자의 미소를 지어보였다.

여름 내내 너무나 많은 일이 일어났다. 많은 사람을 급하게 알게 되었고 많은 사람과 헤어졌다. 각종 다양한 모임과 활동이 있었고 여러 차례 술에 취했다. 예상치 못했던 이유로 아무도 모르는 곳에 숨어 수 없이 울기도 했다. 오래된 영화 한 편을 봤고 꿈을 몇 번 꾸었다. 멀리서 걸려온 몇 통의 전화를 받았고 지긋지긋하게 안 낫는 병을 앓았다. 그리고 생일 케이크를 받았다.

이런 일들 말고는 일어나 기어갈 정도만 되면 나는 언제나 실험실로 향했다. 혼자 어두컴컴한 구석에 앉아 희미한 빛을 뿜는 컴퓨터 모니터를 응시하며 입력하고 계산했고, 계산한 값을 다시 입력했다. 이렇게 스스로를 매미소리가 진동하는 무덥고 횡한 바깥 세계와 격리시켰다.

생일이 지난 그날은 어둠침침했고 공기는 정체되어 꿈쩍도 하지 않았다. 곧 끓어오를 뜨거운 물 같았다. 나는 실험실로 들어갔다. 어수선하게 흩어져 있던 책 더미 사이에 손바닥 크기보다 조금 작은 분재 선인장 하나가 놓여 있었다. 뜻밖이었다.

"생일 선물이에요."

파트너가 몸을 돌리며 내게 말했다. 말할 수 없는 감동이 밀려왔다. 그 조그맣고 동그란 주름투성이인 선인장이 투명하게 반짝거리는 암홍색 도자기 화분 안에서 자라고 있었다. 생일 선물을 받았다는 사실 자체만큼이나 비현실적이었다. 나는 고맙다고 말했지만 그는 그저 미소만 지을 뿐이었다. 한참이 지나 그가 입을 열었다.

"원래는 이걸 보여주고 싶었어요. 모형을 1차적으로 완성했거든요."

"어머."

나는 놀라움을 표하면서 그의 컴퓨터 앞으로 다가갔다. 솔직히 말해서 그게 어떤 모양이었는지는 잘 기억나지 않는다. 여러 가지 색깔의 서로 다른 곡선들이 이리 저리 얽혀 있는 것이 정말 무슨 섬처럼 보였다.

"이건 그냥 개략적인 그래프예요. 더 많은 변량도 나타낼 수 있지만, 그렇게 되면 디스플레이 속도가 좀 느려져서요."

그는 이렇게 말하면서 마우스를 계속 클릭했다. 그래프 상에 파란색 등압선과 붉은 등온선만 남았다. 그제야 나는 모형이

3차원이라는 걸 알아챘다. 그가 마우스를 드래그해서 시각을 조정하자 그래프 전체가 입체지도처럼 아름답고 우아하게 변했다. 물론 그 우아함이란 그저 내가 순수 미학적 관점에서 내릴 수 있는 판단일 뿐이었다.

"여기가 우리가 있는 곳이에요."

그가 모형도를 부감俯瞰으로 바꾸고 베이징 시 지도를 아래층에 띄우더니 아주 작은 점 하나를 가리키며 말했다. 나는 최선을 다해 한참을 살펴보면서 화살표 아래의 그 점 위에 정체되어 움직이지 않는 뜨거운 공기를 상상해보았다.

"이는 그저 지난 10년 동안의 여름 평균자료로 시뮬레이션해서 도출한 모형에 지나지 않아요. 죽은 모형인 셈이죠."

그는 자판을 두드리면서 수업 시간의 리더처럼 차분하면서도 확신에 찬 말투로 막힘없이 설명했다.

"다음 단계로 10년 동안의 이 데이터의 일평균 변화, 월평균 변화, 연도별 변화를 이용해서 시공간적 진화 예측을 해야 해요. 기저표면 항력계수 모형도 만들어야 하고요. 골치 아프죠."

나는 듣고 있다는 제스처를 하며 말했다.

"그럼 굉장히 덥겠네요."

그가 나를 바라봤다. 나는 잠시 멍하니 있다가 말했다.

"제 데이터가 필요하세요?"

"그래도 돼요?"

그는 약간 불안한 기색을 보이며 덧붙였다.

"제가 밥 살게요."

나는 고개를 가로저었다.

"밥은 됐고요. 그래프 만드는 거나 좀 도와주세요. 제 컴퓨터로는 바람장미 그래프를 그릴 수가 없거든요."

그가 좋다고 대답했다.

바람장미 그래프란 이런 것이다. 풍향을 16개 방향으로 쪼개서 일정 시간 내 각종 풍향이 출현하는 빈도를 계산한 다음, 길이가 각각 다른 부채꼴 꽃잎으로 그려낸다. 가장 긴 꽃잎 그 방향에서 바람이 출현할 빈도가 가장 크다는 것을 나타낸다. 그 시간의 주요 풍향이 되는 것이다.

매트랩으로 디폴트 값 드로잉 레벨에서 그린 바람장미 그래프는 정말 아름답다. 바깥쪽으로 담록색의 분도원分度圓이 두르고 있고 붉은색의 원심 주위로 16가지의 길이가 제각각 다른 꽃잎이 연한 푸른색으로 그려져서 흡사 한 송이 실버블루 장미꽃 같다. 심지어 나는 실버블루 장미라는 시를 쓰기도 했다. 물론 다른 사람에게 보여주진 않았다.

6월 중순에 접어들자 날씨는 한층 더 습하고 뜨거워졌다. 나는 불면에 시달리기 시작했다. 참기 힘든 날씨 때문이기도 했고, 코앞에 닥친 논문 구두시험 때문이기도 했다. 감기가 겨우 나았나 싶더니 또 재발하여 사람을 번거롭게 했다. 나는 아침 일찍 나가서 밤늦게 돌아왔다. 하루 종일 에어컨 찬바람 속에 들어앉아 두 터운 타월 담요를 두르고 손닿는 곳에 티슈 박스를 두고는 입력하고, 계산하고, 그래프 그리고, 도표 붙이고, 내용을 정리하고 총론을 썼다. 내 파트너도 나와 마찬가지로 야근하고 밤을 샜다. 그렇게 소처럼 묵묵히 저돌적으로 일하는 자세는 샘이 날 정도였다. 그의 프로젝트는 규모가 방대하고 대단히 깊이가 있었다. 그의 탄탄한 연구 성과와 발전에 비해 내 프로젝트는 도표와 그래프밖에 없었고, 모든 중국어와 영어 참고문헌들도 전부 디지털 정기간행물을 검색해서 채운 것들이었다. 우리는 이렇게 등을 서로 맞대고 일에 파묻혀 지냈다. 타닥타닥 자판 두드리는 소리가 어두컴컴한 방 안에 울려 퍼졌다. 선인장에 물을 줄 때만 잠깐 쉬면서 고개를 돌려 그를 바라봤다. 그의 앞에 놓인 모니터에 뜬 다채로운 색깔의 변화무쌍한 선들이 마치 연꽃의 법상法相 같았다.

구두 답변을 앞둔 마지막 주에는 베이징 전체에 저주가 내린 듯 미친 듯이 비가 쏟아지기 시작했다. 매일 밤 7시부터 내리기 시작해서 새벽 1시에 그쳤다. 소나기가 억수같이 퍼붓고 나면 캠퍼스 안의 길들은 모두 물에 잠겨버렸다. 나는 슬리퍼를 신고 힘들게 기숙사로 돌아가서는 논문을 끝낸 몇몇 여학생이 야식을 먹으러 나갈 수 없다며 투덜거리는 소리를 들으며 발을 씻고 침대 속으로 기어들어가 잠을 청했다. 무수한 꿈들이 쉴 새 없이 겹쳐지며 꼬리에 꼬리를 물고 끝없이 이어졌다. 잠을 깨보니 창밖이 벌써 환했다. 길가에는 낙엽 몇 개가 뒹구는 작은 물웅덩이들만 남아 있었다. 땅에서 자욱한 김이 올라오면서 나뭇잎 썩는 냄새도 함께 모락모락 올라왔다.

이와 동시에 실험실 차단기가 떨어지는 일이 갑자기 빈번해졌다. 컴퓨터 두 대와 형광등 네 개, 에어컨 한 대만으로도 이미 한계에 도달했다고 말하는 것 같았다. 게다가 매번 차단기가 떨어질 때마다 적게는 반나절, 많게는 하루 종일 걸려 내가 작업한 것들이 몽땅 날아가버리곤 했다. 내 파트너는 이런 영향을 전혀 받지 않았다. 그의 컴퓨터는 무서울 게 없는 막강한 백업 배터리를 장착하고 있었다. 내 늙은 컴퓨터가 여러 번 피를 토하며 열받에 드신 이후 나는 아예 내 노트북을 실험실로 가져와서 광란의 전투에 임했다. 그렇게 한 끝에 유일하게 남은 문제는 내 정신적 내공을 시험하는 무한반복의 고통스러운 수련뿐이었다. 규칙적으로 웅웅거리는 소리 속에서 갑자기 이질적인 소리가 툭 튀어나오더니 순간 등이 꺼져버렸다. 에어컨도 덜덜 떨면서 천천히 멈춰 섰다. 나는 잠시 이 틈을 이용해 하던 일을 멈췄다. 물을 마시고 시큰거리던 손목을 주무르며 등 뒤의 누군가가 일어나서 차단기를 올리고, 에어컨을 켜기를 기다렸다. 그리고 계속해서 그 다음 행동을 기다렸다.

구두 답변 전날 밤이었다. 6월 19일로 기억한다. 듣기로는 그날 밤 수많은 실험실과 기숙사의 환히 켜진 불빛 위로 비가 억수

같이 쏟아졌다고 한다. 온 캠퍼스가 우울한 분위기로 가라앉아 있었다. 나는 노트북 앞에 앉아 파워포인트로 작성한 답변문의 글자 크기와 양식을 마지막으로 손보았다. 그러고는 서서히 멍한 상태로 빠져들었다. 주위의 모든 것이 비현실적으로 느껴졌다. 협소하고 컴컴한 실험실, 웅웅거리는 에어컨, 어수선한 칸막이 안에서 침묵하고 있는 컴퓨터, 이미 말도 못하게 지저분해진 베개와 담요, 티슈박스, 그리고 책 더미 위에 놓인 작은 분재 선인장이 전부 그랬다. 내가 한 달 넘게 생활한 곳이 이처럼 익숙하면서도 또 이렇게 비현실적이었다.

"다 됐어요?"

파트너가 나를 향해 몸을 돌리며 물었다.

"끝냈어요. 그쪽은요?"

나도 뒤돌아 그를 바라보았다. 서로의 목소리와 얼굴이 어쩌면 이토록 생경한지, 갑자기 지난 번 대화를 나눴던 게 언제였는지 생각이 나지 않았다.

"모형은 아직 좀 더 손을 봐야 하지만 논문은 제출할 수 있을 것 같아요."

눈은 움푹 꺼지고 장작개비 같이 바짝 마른 그의 얼굴이 컴퓨터 모니터의 조명 아래서 창백한 녹색으로 보였다. 지금 내 모습도 아마 저렇겠구나 하는 생각이 들었다.

"비만 안 왔어도 나가서 축하주 한 잔 해야 하는 건데 말이죠."

나는 의자 깊숙이 몸을 구겨 넣으며 몸은 참 가벼운데 머리가 묵직하다는 생각을 했다.

"매일 밤마다 비가 온 게 벌써 일주일이 넘었네요. 열섬효과는 어때요?"

"아주 전형적이에요."

더 이상의 설명도 필요 없이 모형이 머릿속에 저절로 그려졌다. 마치 노련한 대기물리학자가 눈앞에서 청산유수로 설명을 늘어놓으며 손으로는 바람과 구름의 변화무쌍한 움직임을 지휘하듯 그려내는 것 같았다. 한낮에는 도시의 공기가 열을 받아 상승하고, 수분을 머금은 바람이 주변에서 유입된다. 밤이 되면 냉각된 공기가 하강하면서 기단이 맹렬히 충돌하여 폭우와 폭풍을 일으켜 잠재된 열기를 발산한다. 지하로 스며든 빗물은 다시 다음 순환과정으로 이어지고 이렇게 국지순환이 일어난다. 안정적이면서도 순환이 반복되는 국지순환이다. 불가사의할 정도로 안정적이다.

"비 좀 멈춰 봐요."

"네?"

"비 좀 멈춰 달라고요. 우리 나가서 한 잔 해요."

내가 말했다.

"능력 있는 분에게 의지하고 싶네요. 그쪽을 믿어요."

이공계 남자의 미소가 사라졌다. 그는 피곤에 지친 얼굴로 말

없이 나를 쳐다보았다. 뭔가를 기다리는 것 같았다.

"마지막 날이에요."

잠시 후 그가 혼잣말을 하듯 낮은 목소리로 중얼거렸다.

"네? 비요, 아이면 논문이요?"

"뭐든지 다 곧 끝나겠죠."

그가 일어섰다.

"1층 자판기에 맥주가 있는지 모르겠네요. 내려가서 보고 올게요."

내가 고개를 끄덕였다. 그가 문을 밀고 나갔다. 발자국 소리가 텅 빈 복도를 따라 멀어졌다. 세찬 빗줄기가 쉴 새 없이 쏟아졌다. 이 비가 언제나 그칠지 나로서는 알 수 없었다. 그저 보드라운 타월 담요로 전신을 감싸고 싶은 생각뿐이었다. 뽀송뽀송하고 따뜻하게 발까지 감싸고. 의자에 폭 파묻혀 깃털이 헝클어진 작은 새처럼 미동도 하지 않고 앉아 있고 싶었다.

바로 그때, 차단기가 떨어졌다.

방 안은 순간 칠흑 같은 어둠에 휩싸였고 에어컨과 형광등도 함께 조용해졌다. 나는 암흑 속에 앉아서 꼼짝도 하고 싶지 않았다. 숨소리만이 공간을 가득 메웠다.

마주 놓인 컴퓨터는 여전히 고집스럽게 빛을 발하고 있었다. 그 복잡하기 짝이 없는 모형이 모니터에 띄워져 있었다. 초현실주의 예술작품 같았다. 나는 회전의자를 천천히 밀며 다가갔다.

조심스럽게 마우스를 움직여 살펴보았다. 그가 와서 보면 화를 낼지도 모를 일이었다. 그래도 한 번 보는 것쯤이야 괜찮겠지 하고 생각했다.

모형은 보름 전의 모습에 비해 말할 수 없이 눈이 부실 정도로 변해 있었다. 지도의 정밀도만 해도 아주 높아져 있었다. 나는 천천히 시선의 각도를 조정했다. 마치 거대한 도시 속으로 들어가는 것 같았다. 사방에 형광색 좌표와 기저표면계수들이 깜박였고, 하늘에는 등고선과 등온선이 그물처럼 짜여 있었다. 산과 고개들이 첩첩이 겹쳐져 있는 것 같기도 하고 운산과 해무 같기도 했다. 여러 가지 색깔의 가늘고 작은 화살표들이 잠시도 쉬지 않고 움직이며 뭔가를 짜고 있었다. 유장流場과 온도장溫度場, 산도散度와 와도渦度, 잠재열기 수송과 플럭스 수송 등 천 갈래 만 갈래 복잡하게 얽힌 상호 연결도 최고로 정밀한 연립방정식의 통제 하에 한 치의 흐트러짐 없이 질서정연했다. 나는 이 복잡다단하면서도 조화로운 거대함과 장엄함에 전율했다. 모든 것이 그토록 아름다울 수가 없었다. 과학연구팀에 숨어 지낸 나 같은 여학생 문학도에게는 숨이 막힐 정도로 아름다웠다.

바깥세상의 구름들은 여전히 격렬하게 부딪히고 있었다. 내 눈앞의 어마어마한 기상 데이터의 바다와 다르지 않았다. 갑자기 내 시선이 한쪽 귀퉁이의 숫자에 꽂혔다. 2006 / 6 / 20 / 2:00. 지금 이 순간 눈앞에 보이는 모형의 상태가 지금 이 순간 내가 있는 이 도시를 그리고 있었다. 나는 떨리는 손으로 마우스를 움직여 지도에서 위치를 찾았다. 배율을 조정해 확대해 가며 찾고 다시 또 확대했다. 나는 그 익숙한 캠퍼스, 그 익숙한 건물을 찾아냈다. 유장이 저공에서 닫힌 저기압을 형성하고 있었다. 거대한 소용돌이 같기도 하고 거대한 눈 같기도 했다. 모든 것이 그 속에 휩싸여 있었다. 계속 확대해보았다. 건물 안에서 한 줄기 빛이 반짝였다. 눈에 익은 위치에 아주 작고 윤곽이 거친 작은 사람이 플래시를 든 채 그곳에 동그마니 웅크리고 앉아 있었다. 품에 뭔가 흐릿한 녹색 덩어리를 움켜쥐고 있었다. 그가 고개를 쳐들었다. 얼굴 윤곽만 있을 뿐 눈, 코, 입이 보이지 않았다. 하지만 뭔가를 볼 수 있다는 듯이 고개를 들어 나를 바라보는 것 같았다.

바로 그 순간 불이 켜졌다.

환한 불빛이 두 눈에 쏟아져 들어왔다. 나는 두 손으로 눈을 가렸다. 고개를 돌렸다. 그가 오렌지주스 두 캔을 품에 안고 문 앞에 서 있었다.

"맥주가 없네요."

한참 동안 말이 없던 그가 유령 같은 목소리로 말했다.

나는 대답을 하지 않고 물끄러미 그를 바라보았다. 의심도 아니고 두려움도 아니었다. 그냥 바라보기만 했다. 그림을 보면서 뭔가 기록해두려는 것 같았다. 그러고는 천천히 그 멍한 상태에서 빠져나오려고 몸부림쳤다.

"가야겠어요."

나는 천천히 의자에서 일어났다. 두 다리가 얼어서 굳어버린 느낌이었다. 너무 오래 앉아 있어서 감각이 완전히 사라져버렸기 때문이었다.

"아직 비 안 그쳤어요."

그가 멍한 표정으로 말했다. 형광등 아래 선 그의 얼굴이 온통 창백했다.

"가야겠어요."

나는 슬리퍼를 신고 컴퓨터를 정리하기 시작했다. 타닥 쿵 딸가닥. 그가 나한테로 걸어오더니 표면에 벌써 이슬이 맺히기 시작한 차가운 오렌지주스 캔 두 개를 내려놓았다. 그의 표정이 확 변했다. 나는 가급적 그를 보지 않으려고 고개를 숙였다.

"한 시간 정도면 비가 그칠 거예요. 기다렸다가 가요."

그의 말소리가 점점 잦아들었다.

"또 아프면 내일은 어쩌려고요."

나는 고집스럽게 컴퓨터 가방을 안고 문을 나섰다. 나는 계속 고집을 부렸다. 가야겠다 싶으면 아무도 나를 말리지 못했다. 그는 멍하니 거기 서 있었다. 웅웅거리는 에어컨 소리가 주위를 가득 메웠다.

이후의 일은 기억이 잘 나지 않았다. 급하게 짜깁기해서 순서

가 엉망이 된 화면 같았다. 답변을 마쳤고, 병으로 쓰러졌고, 어리둥절한 상태로 시간이 흘러갔다. 그리고 졸업했다. 갖가지 수속을 마쳤고, 단체 사진을 찍었고, 술을 마시고 밥을 먹기를 반복했다. 크고 작은 모임들이 이어졌다. 기억나는 건 구두답변을 한 그날부터 더 이상 비가 내리지 않았다는 것뿐이었다. 매일 햇살이 더없이 쨍쨍했다.

마지막 팀 해산 회식 때는 모두가 긴장이 풀어져 맘껏 마셔댔다. 맥주가 떨어지면 바이주白酒를 마셨고, 바이주가 다 떨어지면 맥주를 마셨다. 죽을 것처럼 머리가 핑핑 돌았지만 누구보다도 또렷이 깨어 있는 척하며 구석에 앉아 있었다. 갑자기 주위의 그 많은 얼굴이 너무 낯설게 느껴졌다. 4년을 함께 지냈는데도 여전히 낯설기만 했다.

내 파트너는 다른 쪽 구석 자리에 앉아 있었다. 나는 그의 존재를 거의 잊고 있었다. 나중에 그는 모든 여자 동료에게 다가가 술잔을 건네며 한 잔 한 잔 진지하게 비웠다. 내가 잔을 들고 웃으면서 말했다.

"같이 일할 수 있어서 즐거웠어요. 파트너."

그도 웃으면서 말했다.

"아픈 건 다 나았어요?"

"아직요. 열 때문에 머리도 나빠진 것 같아요."

내가 말했다.

"앞으로 다시는 물리를 못할 것 같아요. 갈아타야겠어요."

"그래요, 그래."

그가 말했다.

"그쪽은요? 베이징에 남나요?"

내가 물었다. 그가 잠시 머뭇거리다가 대답했다.

"쓰촨으로 가요."

"왜요?"

정말 놀라움을 금할 수 없었다.

"프로젝트를 보장받은 게 아니었나요?"

"특수 목적 교육생이에요. 졸업하면 주장九江 대학원 사람이 되지요. 과학 연구는 계속 할 거고요. 열섬을 계속 연구하려고요."

"그렇군요." 나는 뭔가 크게 깨달은 듯한 표정을 지어보였다. 주장 대학원은 엔지니어링 물리연구소다. 중국 엔지니어링 물리연구소는 국방전략무기와 국방첨단기술 위주의 과학연구 프로젝트를 수행하는 기관이다. 국가의 중요하고 막중한 국방과학연구 임무를 담당하고 있다. 국가가 첨단기술 전문 인력을 양성하기 위해 2001년 12월 베이징 대학과 「중국 엔지니어링 물리연구소와 베이징 대학 연합 특목 대학생 양성 협의서」를 체결했고, 베이징 대학은 2002년부터 중국 엔지니어링 물리연구소를 위해 4년제로 특목 대학생을 양성하기 시작했다. 성능이 어마어마하게 강력했던 그의 컴퓨터가 생각났고, 모니터에 떠 있던 복잡하고 현란했던 모형도가 생각났다. 끝도 없이 쏟아지던 폭우가 생각났고, 빗속에서 알아보기 힘들게 흐릿했던 아주 작은 얼굴이 떠올랐다. 내가 웃으며 그에게 말했다.

"기상무기 만드는 거예요?"

그는 약간 곤란한 듯한 이공계 남자의 미소를 내비쳤다. 나는 잔을 들었다. 차가운 거품이 손가락 끝을 타고 흘러내렸다. 내가 말했다.

"동지, 열심히 하세요. 국가는 당신을 필요로 합니다."

우리는 잔을 부딪쳤다. 내가 말을 꺼냈다.

"그날 밤……"

그가 나를 바라보았다.

"그날 밤, 기숙사까지 바래다줘서 고마웠어요."

그는 고개만 끄덕였다. 그러고는 술기운을 빌려 나를 힘껏 안더니 다른 사람들이 미처 우우 하고 놀리기도 전에 뒤돌아서 다음 여학생에게로 가 잔을 부딪쳤다.

그날 밤, 빗물이 이미 현관까지 넘쳐 1층 복도가 잠겨 있었다. 나는 컴퓨터 가방을 안고 계단 위에 서 있었다. 그가 자전거를 끌고 와서 내 앞에 멈춰 서며 말했다.

"데려다줄게요."

나는 자전거 뒷자리에 탔다. 자전거 바퀴가 차갑고 깊은 물살을 가르며 뒤로 차르륵 차르륵 물살 일렁이는 소리를 남겼다. 어릴 적 공원에서 배의 노를 젓던 것 같았다. 아주 듣기 좋은 소리였다.

이후의 일 역시 기억 속에서 가물가물하다. 물건들을 챙겨서 팔 만한 것들은 팔고 버릴 건 버렸다. 실험실에 한 번 더 가서 타월 담요와 베개, 슬리퍼, 티슈박스, 다 마시지 못한 커피, 여전히 녹색으로 싱싱한 선인장까지 꼼꼼히 박스에 담아 가지고 나왔다. 베이징을 떠나오던 날 시리게 높은 하늘은 구름 한 점 없이 맑았다. 내 평생 그렇게 파란 하늘은 처음이었던 것 같다.

혼자 기차를 탔다. 창밖으로 회색빛 건물들이 늘어선 거리와 입체교차로가 서서히 흔들리며 뒤로 물러나기 시작했다. 도시의 끝자락에 맞닿아 있던 끝없이 펼쳐진 푸른 보리밭이 여름 땡볕 아래 왕성하게 숨을 내뿜고 있었다. 6월이 그렇게 끝나고 7월이 막 다가올 때, 나는 온통 초록빛 속에서 등 뒤의 도시를 떠났다. 언젠가 다시 돌아올 날을 기다리면서 그 외롭고 쓸쓸한, 타는 듯한 열섬을 뒤로 하고 떠났다.

이야기를 마칠 때쯤 하늘이 희미하게 밝아오고 요란한 소음과 더위도 함께 잦아들고 있었다. 마침내 나는 이불 귀퉁이를 붙잡고 깊은 잠에 빠져들었다. 선풍기가 옆에서 쉴 새 없이 훅훅 바람을 불어댔다. 꿈속에서는 빗소리가 들려왔다.

비둘기

류칭방
劉慶邦

그는 작은 민영 탄광의 소유주에 불과했지만 아랫사람들은 그를 대형 국영 광산의 책임자와 다를 바 없다고 치켜세우며 뉴牛 광산장이라고 불렀다. 심지어 대형 광산 사람들이 그러듯 '광산 장'에서 '장'자를 빼고 뉴 광산이라고만 칭하며, 뉴 광산이 어쩌고저쩌고 이야기했다. 대체 무슨 근거로 그렇게 생략하는지는 아무도 몰랐다. 그저 그렇게 불러야만 세상과 연결되고 트렌드에 부합하는 것 같았다. 그러다보니 처음 온 외부인들은 탄갱에서 나오는 게 석탄이지 소(뉴 광산장의 '뉴'가 '牛'의 병음 표기다)도 아닌데 어쩌다 탄광이 소 광산이 되었냐며 의아해했다. 반면 뉴 광산 본인은 전혀 개의치 않았다. 소 광산이면 어떤가, 소가죽이나 소 머시기만 아니면 뭐라 불러도 상관없었다.

그날 오전 11시 남짓쯤 사무실을 나선 뉴 광산은 나지막한 담벼락 뒤에서 멀지 않은 탄갱 입구를 바라보고 있었다. 비탈지게 파놓은 경사굴로 산 중턱 평평한 곳에 입구가 있어 고개만 약간 들어도 입구의 상황이 한눈에 들어왔다. 철골 구조물에서 도르래가 움직이고 있었다. 도르래가 일정 시간 돌고 나자 케이블 끝에서 광차 여섯 대가 연달아 끌려나왔다. 광차에는 크고 작은 석탄이 차당 정확히 1톤씩 실려 있었다. 그는 석탄을 가득 실은 광차가 갱구에서 줄줄이 나오는 광경을 가장 좋아했다. 마치 노새가 똥을 누듯 탄갱에서 석탄이 배출되었다. 석탄이 줄기차게 나오면 갱도 운행이 정상적이라는 뜻이므로 그로서는 크게 신경쓸 필요가 없었다. 그는 광차에 가득 담긴 석탄이 솔밭에 바람 스치듯 쏴아 하며 기다란 철어렁이(광석을 담기 위해 철사로 엮어 만든 삼태기)로 떨어지는 소리도 무척 좋아했다. 뉴 광산에게는 그것이 세상에서 가장 아름다운 음악이었다. 그 음악을 듣고 있노라면 온몸이 편안해지면서 자신도 모르게 한없이 흐뭇한 표정을 짓게 되었다. 최근 들어 검둥이 녀석들 공급이 달리기 시작했다. 가을바람이 차가워지면서 석탄을 가지러 오는 덤프트럭이 밤낮으로 장사진을 쳤다. 석탄은 바닥까지 떨어질 새도 없이 철어렁이 아래쪽의 여닫이문을 통해 곧장 트럭 적재함으로 쏟아져 들어갔다. 톤당 200~300위안의 석탄이 그렇게 실려 나가면 곧이어 돈이 들어왔다. 갱도 위쪽에 빨간 칠로 크게 적힌 '석탄은 금'이라는 네 글자가 요즘 상황에 완벽히 부합되었다. 탄갱 바닥에서 올라온 시커먼 탄이 눈 깜짝할 사이에 금빛 찬란한 금과 새하얀 은으로 변하는 것이다!

그때 탄광 정문을 들어서는 승용차 때문에 한껏 좋았던 뉴 광산의 기분이 순식간에 가라앉았다. 차에 적힌 글자가 또렷이 보이지 않아 어떤 공무원의 차량인지 알 수는 없어도 문을 들어설 때 속도를 전혀 늦추지 않는 기세로 보아 공무원이 탔다는 것은 확실했다. 그의 탄광이 산간벽지에 위치해 울퉁불퉁한 진입로와 마른 모래톱까지 한참을 지나야 하지만, 정보에 빠른 공무원들은 산 넘고 언덕을 지나 기어코 탄광을 찾아왔다. 안전감찰을 비롯하여 국토자원과 환경보호, 세무 등 온갖 업무를 담당하는 공무원들이 사흘이 멀다 하고 개인 혹은 단체로 찾아왔다. 어느 부서의 공무원이든 왔다 하면 전부 '나리님'이었다. 상대가 나리인 이상 그는 알랑쇠마냥 굽실거리며 비위를 맞추는 수밖에 없었다. 탄광 역시 출혈을 감수해야 했다. 혹시라도 소홀한 구석이 있어 어느 부서 나리의 비위라도 건드리면 꼬투리가 잡혀 벌금이 떨어졌다. 벌금은 1~2만 위안 정도로 그치지 않았다. 그러다보니 승용차만 나타나면 뉴 광산은 짜증이 나다 못해 황망해지기까지 했다. 이미 다른 곳으로 피하기에는 너무 늦어버려, 뉴 광산은 제일 가까운 보안주임의 사무실로 몸을 날렸다. 높으신 나리 눈에 띄지 않으려는 그의 행동은 일종의 조건반사 같았다. 승용차만 보였다 하면 무조건 몸부터 숨기고 봤다. 탄광 사무실은 아홉 칸이 남향으로 나란히 늘어선 구조였다. 그의 사무실은 보안주임의 사무실로부터 서쪽으로 다섯 번째, 다시 말해 정중앙에 위치했다. 직급이 가장 높은 사람이 중앙에 앉는 지도층 회의나 기념 촬영 구조를 본뜬 배치였다. 건물 앞에는 붉은 벽돌을 쌓은 단과 나지막한 담벼락으로 조성한 반 개방식 마당이 있었다. 그리고 마당 남쪽의 금속 깃대에서는 아침부터 저녁까지 색이 선명한 오성홍기가 높이 휘날렸다. 소형 탄광마다 홍기를 게양하는 것은 아니었다. 이들 탄광의 홍기 게양은 전적으로 뉴 광산의 의지였다. 그는 자신이 여타의 지주 같은 탄광주들과 다르다는 점을 홍기를 통해 부각시키려 했다.

석탄먼지를 뒤집어쓴 승용차가 마당으로 들어섰을 때, 사무실 창문 너머로 뉴 광산은 차량 문짝의 '공안'이라는 커다란 글자를 발견했다. 뉴 광산은 깜짝 놀랐다. 공안국 사람이 무슨 일이지? 더 이상 보안주임 사무실에 숨어 있을 수 없어 그는 차가 멈추기도 전에 얼른 사무실 발을 걷으며 밖으로 뛰쳐나갔다. 그러고는 웃음기 가득한 얼굴로 공손하게 환영의 자세를 취했다. 뉴 광산은 차에서 내리는 사람이 베이자오北郊 파출소의 왕 소장인 것을 보고서야 다소 마음을 놓았다. 왕 소장이라면 술자리에서 서로 친구라 부를 정도로 친숙한 인물이었다.

"왕 소장님, 안녕하십니까? 어서 오십시오!"

두 사람이 빈손을 맞잡았다.

왕 소장은 공무집행 때처럼 웃음기 없는 표정으로 대꾸했다.

"뉴 광산은 봄바람이 들었나, 아주 좋아 보입니다!"

"그럴 리가요. 가을에 무슨 봄바람이 들겠습니까?"

왕 소장이 뉴 광산의 손에서 자기 손을 빼내고는 작업대 아래 장사진을 치고 있는 트럭을 모로 훑으며 말했다.

"석탄 가지러 오는 이 많은 차 하나하나가 봄바람이 아니면 뭐겠소!"

"트럭은 많이 오는데 갱내 석탄이 받쳐주지를 않습니다. 그렇다고 애태워봐야 아무 소용도 없지요. 자, 두 분 어서 사무실로 드시죠."

다른 한 사람은 운전기사였는데 그 역시 제복을 입은 경찰이었다.

세 사람이 모두 자리에 앉자 왕 소장이 요즘 탄광 치안 상태가 어떠냐고 물었다.

뉴 광산은 아주 좋아 아무 일도 없다고 대답했다.

그때 주방장이 뉴 광산 사무실로 고개를 들이밀었다. 나이가 지긋한 노인으로 짧은 머리카락이 하얗게 세었다. 점심때가 가까워 공안국 손님들도 탄광에서 식사를 할 것 같아 어떻게 준비할지 뉴 광산에게 지시를 구하는 듯했다.

뉴 광산이 주방장에게 말했다.

"닭을 한 마리 사다가 요리하세요. 크고 실한 놈으로요."

주방장이 물었다.

"암탉으로 살까요, 수탉으로 살까요?"

뉴 광산은 암탉이라고 답했다가 왕 소장이 결정하라는 의미로 그를 쳐다보았다.

왕 소장은 암탉인지 수탉인지 말하는 대신 됐으니 신경 쓰지 말라며, 아무거나 대충 먹으면 된다고 대답했다. 업무차 왔지 먹으러 온 게 아니라고 했다.

뉴 광산이 말했다.

"그럴 수야 있습니까? 높으신 분이 늘 신경 써주시는데 제대로 대접을 해야죠."

왕 소장은 요즘 닭은 사료와 호르몬제로 기르는 통에 살이 푸석거려 씹는 맛이 전혀 없다고 대꾸했다. 닭고기가 싫다는 뜻이 분명히 드러났다.

뉴 광산과 주방장이 어쩔 줄 모르고 있을 때, 갑자기 비둘기 한 마리가 문에서 멀지 않은 곳에 푸드덕 내려앉더니 이어서 또 한 마리가 날아왔다. 두 녀석이 땅바닥에서 무엇을 찾았는지는 알 수 없었다.

비둘기를 보자 왕 소장이 눈을 반짝이며 사실 비둘기 고기가 진짜 맛있다고 말했다. 옛날 토종닭 맛이 그대로 난다는 것이었다.

그렇다면 망설일 이유가 없어 뉴 광산은 주방장에게 지시했다.

"비둘기를 찾아서 두 마리만 사오세요. 좀 작으니까 최소 두 마리는 사야지."

그러고는 또 특별히 당부했다.

"비둘기 임자가 누구든 반드시 값을 지불하도록 해요."

왕 소장은 탄광 치안을 계속 궁금해 하며 노새 도둑이 또 들지는 않았느냐고 물었다. 탄광에는 석탄을 운반하기 위해 광부들이 직접 기르는 노새가 200~300마리쯤 있는데, 예전에 몽둥이와 산탄총을 든 복면 도둑 일당이 한밤중에 일곱 마리를 훔쳐 갔기 때문이었다.

뉴 광산은 보안주임에게 몇 명씩 조를 짜서 야간순찰을 돌게 했더니 노새 도둑이 감히 넘보지 못한다고 대답했다.

왕 소장은 뉴 광산의 대비책이 훌륭하다고 칭찬한 다음 또 물었다.

"탄광에 꿩은 많이 있소?"

"아닙니다. 여기에 꿩은 거의 없습니다."

"그것 참 이상하군. 다른 탄광에는 아주 많던데 여기에는 왜 없지?"

"이상할 것 없습니다. 여기 인부들은 대부분 쓰촨四川과 구이저우貴州 출신이라 거의 아내와 함께 삽니다. 생각해보십시오. 닭이 충분한데 왜 꿩을 먹겠습니까?"

이어서 그들은 꿩과 방금 언급했던 그 잡아 죽일 닭을 한데 엮어, 꿩도 사료와 호르몬제로 키울지 모른다며 전부 쓸모없는 푸석살이라 보기만 좋을 뿐 맛은 없다고 투덜거렸다. 꿩에 대한 생각이 비슷해 두 사람은 나란히 웃음을 지었다.

그때 주방장이 돌아와 뉴 광산의 사무실 문 앞에서 쭈뼛거렸다. 조용히 보고할 사항이 있으니 밖으로 좀 나오라는 뜻 같았다.

뉴 광산은 비어 있는 그의 손을 보고 비둘기 거래에 실패했음을 알아차리고는 언짢은 표정으로 말했다.

"할 말 있으면 그냥 하세요. 왕 소장님이 남도 아닌데."

주방장이 고했다.

"그게 탕샤오밍湯小明 비둘기인데 안 팔겠답니다."

"돈을 낸다고 했나요?"

"그럼요. 한 마리에 5위안에서 시작해 20위안까지 올렸는데도 싫답니다."

"너무 적게 불렀군. 20위안이라니. 50, 100위안을 주겠다고 하세요. 그래도 안 팔지 봅시다. 안 팔 리가 없지!"

그렇게 말하면서 뉴 광산은 왕 소장을 힐끗 쳐다보았다. 왕 소장은 아무런 표정 없이 소파에 앉아 있었다.

비둘기 주인 탕샤오밍은 램프실 인부였다. 광부들이 탄갱에 들어갈 때 번호대로 카바이드램프를 나눠준 뒤 광부들이 다시 나올 때 램프를 회수해 충전선반의 원래 위치로 되돌려놓는 일을 했다. 탄갱에서 석탄 캐는 광부들에 비하면 일도 수월하고 시간도 많았다. 그렇게 남는 시간 동안 무엇을 할까? 그는 마작도 하지 않고 술도 마시지 않으며 바깥 농지를 어슬렁어슬렁 돌아다니지도 않았다. 대신 램프실 앞 공터에 작은 밭을 만들어 토마토와 가지, 고추, 파, 무 등 채소를 길렀다. 밭 바깥쪽으로는 월계화, 맨드라미, 월하향, 매화 같은 꽃도 심었다. 탄광 도처에 노새 똥이 굴러다니니, 그는 노새 똥을 주워 화학비료 대신 채소와 꽃에 주었다. 노새 똥 덕분인지 채소는 무럭무럭 자라났다. 가을이 되자 토마토가 주렁주렁 열리고 보랏빛 가지가 반들반들 커다래졌다. 꽃도 영원히 지지 않을 듯 가지마다 송이송이 피어났다. 그리고 비둘기를 길렀다. 막 짝지은 한 쌍을 사다가 키우기 시작해 어느새 일곱 쌍으로 불렸다. 비둘기 부부가 새끼 열두 마리를 낳은 것이다. 그는 비둘기 대가족이 살 수 있도록 숙소 바깥 담장에 나무로 큼지막한 비둘기장을 짰다. 다른 광부들이 인근 마을로 나가 옥수수를 살 때 그도 옥수수를 샀다. 다만 다른 사람들은 석탄을 날라 돈을 벌어주는 노새를 위해 샀지만 그는 비둘기를 위해 샀다. 돈벌이를 위해서가 아니라 비둘기가 좋아서 애완용으로 기른다고 했다. 아침마다 램프를 챙겨 지하로 향하는 광부 형제들을 배웅하고 나면 그는 비둘기장 문을 열어젖혔다. 그러고는 고개를 들어 자신의 비둘기가 날개를 펼치며 하늘로 날아오르는 모습을 바라보았다. 그는 비둘기가 날아오를 때 나는 파닥파닥 날갯짓 소리와 비둘기들이 무리지어 날아다니는 모습을 무척 좋아했다. 가을이 되자 하늘이 한층 높고 파래지면서 햇살까지 더욱 밝아졌다. 비둘기가 파란 하늘로 날아오르면 햇살이 비둘기 깃털로 고스란히 떨어져 날개를 움직일 때마다 깃털에서 하얀 빛이 반짝거렸다. 비둘기의 날갯짓이 빠른 데다 무리를 지어 일제히 퍼덕이니 햇살과 깃털 빛이 파란 하늘에서 어우러지면서 반짝반짝 빛났다. 또한 음영 때문에 밝아졌다 어두워졌다, 어두워졌다 밝아졌다 하는 생생한 빛 물결이 연출되었다. 가히 노래 같고 신선 같고 시 같고 그림 같았다. 탕샤오밍은 하늘 위 비둘기 떼를 홀린 것처럼 오래도록 바라보곤 했다. 가끔은 지나치게 몰입한 나머지, 몸에서 두 날개가 솟아나 자신도 비둘기로 변해서는 무리와 함께 날아다니는 듯 느껴지기까지 했다.

비둘기 주인이 탕샤오밍이라는 것을 알게 된 주방장 양楊 사부는 탕샤오밍의 숙소로 찾아갔다. 그는 숙소 동료의 머리를 깎아주고 있었다. 그런데 바리깡이 아니라 면도기 몸통에 칼날을 끼워서 머리를 밀고 있었다. 시내에 미용실이 꽤 많았지만 광부들은 대부분 미용실에 가지 않았다. 머리를 빡빡 밀 줄 모르는 것은 차치하고 아가씨들이 툭하면 두피마사지를 해주겠노라 달라붙는데 그 가격이 수긍하기 어려울 정도로 비싸서였다. 동료 머리카락이 두꺼운 데다 비눗물까지 묻어서 탕샤오밍은 상당히 고전하고 있었다. 한 움큼 밀고 나면 머리카락이 날을 고정한 부목 사이로 끼면서 칼날에 엉겨 붙었다. 하지만 탕샤오밍은 서두르지 않고 부목의 나사를 풀어 머리카락을 털어낸 뒤 다시 이발을 계속했다. 양 사부는 탕샤오밍에게 인사하고 나서 비둘기 두 마리만 팔라고 청했다.

양 사부로부터 비둘기를 사겠다는 말을 듣자마자 탕샤오밍은 좋은 일일 리 없겠다고 짐작했다. 양 사부가 무엇을 하는 사람인가, 식칼을 휘두르는 요리사가 아닌가. 닭과 토끼, 오리, 물고기 할 것 없이 살아 있는 것들이 그의 손에만 들어가면 뼈까지 다져져 펄펄 끓는 물속이나 기름 솥으로 던져졌다. 그럼에도 탕샤오밍은 비둘기를 왜 사려 하느냐고 물었다.

양 사부는 사실대로 말하는 대신 기르려 한다고 둘러댔다.

탕샤오밍이 대꾸했다.

"사부님, 거짓말 마세요. 제가 두세 살 먹은 어린애도 아닌데."

그제야 양 사부는 사실대로 털어놓았다. 자신도 비둘기를 죽이기 싫고 왕 소장의 까다로운 입맛 역시 마음에 들지 않는다면서 한마디 덧붙였다.

"요즘 관리라는 작자들 좀 봐. 땅짐승을 먹다 질리니 날짐승을 먹고 싶어진 게지. 날아다니는 것들 다음에는 또 뭘 먹으려 들까!"

"항아娥娥(달에 산다는 신화 속 선녀) 고기를 먹는대도 상관없어요. 아무튼 제 비둘기는 절대 안 돼요."

"관리가 입을 놀리면 병사는 다리가 부러져라 뛰어다니는 걸

세. 자네가 비둘기를 팔지 않으면 내가 돌아가서 높으신 분들께 뭐라고 말씀드리겠나?"

"그게 뭐가 어렵나요. 뭐든 팔아야 살 수 있는 법인데 제 비둘기는 파는 물건이 아닌걸요. 이게 위법도 아니잖아요!"

"이렇게 하세. 자네 비둘기 한 마리에 이십 위안을 쳐줄 테니, 팔지 안 팔지 시원하게 말해주게. 이 가격에도 싫다면 그냥 돌아가겠네."

"그럼 어서 돌아가세요. 죄송합니다."

그때 오이처럼 머리가 깎인 탕샤오밍의 동료가 양 사부를 부르고는 고개를 비스듬히 기울이며 손가락으로 자기 머리통을 가리켰다.

"제 목에 달린 이게 곧 깨끗하게 깎일 텐데 이건 어떠세요? 원하시면 가져가세요."

양 사부가 콧방귀로 응대했다.

"자네 해골바가지를 누가 원한다고. 통째로 뽑아봐야 한 접시도 안 나올걸!"

"칼질할 때 너무 각박하게 굴지 말고 사정 좀 봐주세요. 눈에 보이는 대로 전부 다져서 요리라며 접시에 올리지 말고요."

"신경 끄시지!"

뉴 광산으로부터 높은 가격을 지시 받은 양 사부는 다시 비둘기를 사러 가려고 했다. 하지만 뉴 광산이 말리며 직접 가지 말고 샤오리小李를 대신 보내라고 일렀다.

샤오리는 아침부터 밤까지 뉴 광산 옆에 찰싹 붙어 있는 뉴 광산의 운전기사였다. 뉴 광산이 샤오리와 함께 있는 시간이 아내와 함께 보내는 시간보다 많다고 할 수 있을 정도였다. 뉴 광산의 꽤 많은 비밀도 그의 아내를 비롯해 대부분의 사람은 몰랐지만 샤오리만큼은 훤히 알고 있었다. 그런 이유로 샤오리는 뉴 광산의 오른팔인 동시에 비서이자 경호원이 되었다. 탄광 사람들 모두 샤오리와 뉴 광산의 특별한 관계를 알았다. 뒤에서 그를 부광산장이라 부르는 사람이 있는가 하면, 운전기사에도 '사'자가 들어간다며 리 사장이라고 부르는 사람도 있었다. 샤오리는 사장이라니 말도 안 된다며 자신은 뉴 광산의 마부일 뿐이라고 도리질을 쳤다. 뉴 광산이 말을 타는 것도 아닌데 마부는 또 무슨 말인가? 누군가 의아해하자 샤오리는 뉴 광산의 자동차를 가리키며 말했다. 보게, 이게 말이 아니면 뭔가? 그러자 그 사람이 아, BMW중국 이름은 바오마寶馬다. 확실히 명마지, 하고 수긍했다. BMW의 운전석 밑에는 샤오리가 임의로 사용할 수 있는 유동자금이 늘 1~2만 위안 정도씩 비치돼 있었다. 위에서 중요한 인물이 내려와 시내에서 잘 대접해야 하는데 뉴 광산이 직접 나서기 곤란할 때 샤오리가 대신 접대하기 때문이었다. 샤오리는 고급 호텔 로비에서 열쇠를 수령해 높으신 양반을 스위트룸으로 모셔갔다. 그러고는 잠시 쉬시라며 전화로 아가씨 몇 명을 불러 일렬로 세워놓고 높으신 양반의 선택을 기다렸다. 아가씨가 선택되면 (때로는 둘이 선택되기도 했다) 샤오리는 높으신 양반 대신 팁을 두둑이 챙겨주면서 최고의 기량을 발휘해 시중을 잘 들라고 당부한 뒤 자리를 떴다. 식비나 기타 비용을 지불해야 할 때도 샤오리는 제때 어김없이 높으신 양반 앞에 나타났다. 워낙 일처리를 잘하다보니 뉴 광산은 다른 사람이 제대로 못하는 일을 전부 샤오리에게 넘겼다. 이번에도 샤오리는 아주 능숙하게 응했다. 그는 탕샤오밍을 보자마자 화난 기색 하나 없이 생글거리며 친구라고 불렀다.

"여보게 친구, 바쁘구먼!"

탕샤오밍은 여전히 동료 머리를 깎고 있었다. 절반 이상 깎아 이제 머리카락이 반도 채 남지 않았다. 그는 샤오리의 웃는 낯을 보며 자신이 아니라 비둘기 때문에 알랑거린다는 것을 알아챘다. 탕샤오밍은 바쁘지 않다고 대답했다.

샤오리가 고급 담뱃갑을 꺼내 손가락으로 밑쪽을 톡 치자 담배 한 개비가 쑥 올라왔다.

"자, 친구, 한 개비 태우지. 뽑게나."

탕샤오밍은 눈도 들지 않은 채 담배를 피우지 않는다고 대꾸했다.

샤오리는 담배를 탕샤오밍의 동료에게 권했다. 사실 동료는 담배를 즐기지만 피우지 않는다며 손사래를 쳤다. 샤오리는 하릴없이 혼자 담배를 물고 불을 붙였다. 시간이 촉박해 비둘기 얘기를 꺼내지 않을 수 없었다. 그가 탕샤오밍에게 물었다.

"비둘기가 몇 마리로 불어난 건가?"

탕샤오밍은 "얼마 안 돼요"라고만 대답할 뿐 구체적인 숫자는 말하지 않았다.

"우리에 꽤 많아 보이는걸. 거처를 좀 나눠줘야겠어. 아, 나한테 두 마리 파는 게 어떤가? 나도 좀 길러보고 싶거든. 가격은 자네가 정하게. 얼마를 부르든 두말 않을 테니 부르라고."

샤오리가 주머니를 만지작거리며 돈 꺼낼 자세를 취했다.

탕샤오밍은 아무 대꾸도 하지 않았다.

"오십? 팔십? 백? …… 이백? 한 마리에 이백이면 충분하지 않나? 엄청난 금액이잖아. 말 좀 해봐!"

탕샤오밍이 면도기에 낀 머리카락을 뽑아 바닥에 내던지며 말했다.

"무슨 말을 하라고요? 한번 안 판다고 하면 안 팔아요. 얼마를 부르든 안 판다고. 누가 와도 내 대답은 같아요."

"돈 벌 기회를 마다하다니, 바보 아니야? 무엇 때문에 객지에서 일하는데? 돈 때문 아니냐고!"

탕샤오밍이 대답했다.

"네, 저 바봅니다."

"고작 비둘기 몇 마리야. 날면 비둘기라도 내려앉으면 닭이지.

마누라나 애도 아닌데 뭘 그렇게 싸고돌아!"

"제 비둘기는 제 새끼나 마찬가지예요."

조금 다급해지자 샤오리가 미간을 찌푸리며 부광산장의 진면모를 드러냈다.

"탕샤오밍, 무슨 말을 그렇게 기분 나쁘게 하나. 고집 센 노새는 손해 본다는 소리도 못 들어봤어? 그럼 좀 물어보지. 숙사 담장에 누가 비둘기 우리를 지어도 된다고 허가했지? 탄광에서 비둘기를 길러도 된다고 누가 허락했나?"

탕샤오밍은 아무도 허가하지 않았노라고 대답했다.

"아무도 허가하지 않았다는 말은 탄광에서 비둘기를 기를 수 없다는 뜻이지. 자네가 계속 뻗댄다면 보안 팀에게 당장 자네 우리를 철거하고 비둘기를 몰수하라고 하겠네. 내가 못 할 것 같나?"

탕샤오밍은 가부간에 대답을 하지 않은 채 미간을 찌푸렸다. 면도기를 잡은 손이 미세하게 떨렸다. 그는 속으로, 땅에 풀이 나고 머리에 머리카락이 나는데도 누구 허락이 필요한가? 대체 이런 법이 어디 있느냐고 소리쳤다. 그 순간 어찌된 일인지 동료 머리에서 피가 흐르기 시작했다. 새빨간 피가 파르스름한 두피에서 유난히 도드라져 보였다. 탕샤오밍은 자기 실수로 동료 머리통에 상처가 난 줄 알고 손가락으로 피를 닦아내려 했다. 하지만 닦을수록 점점 더 많은 피가 점점 더 넓게 번져 동료 머리는 꽃이 핀

조롱박처럼 변해갔다. 탕샤오밍은 자기 손을 쳐다보았다. 칼날에
베인 것은 동료의 머리가 아니라 자기 손가락이었다. 오른손 엄
지 한쪽에서 시뻘건 피가 방울방울 솟아나고 있었다. 그의 손가
락이 붓으로 변한 것 같았다. 붓에서 나오는 붉은 물은 수돗물
같았다. 그는 그 물붓으로 동료의 머리에 빈틈없이 그림을 그리
는 것만 같았다. 그는 손가락을 잠시 입에 물고 있다가 꺼냈다. 여
전히 피가 흘렀다. 탕샤오밍은 면도기를 내려놓고 피가 솟아나는
부분에 반창고를 붙였다.

동료가 물었다.

"무슨 일이야? 손에서 피 나?"

탕샤오밍이 대답했다.

"별 거 아니야."

동료는 머리 꼭대기까지 치솟는 화를 주체하지 못하겠다는 듯
"젠장, 안 깎아, 머리조차 편안하게 못 깎다니!" 하고 소리치며 걸
상에서 벌떡 일어났다. 그런 다음 목에 두르고 있던 낡은 내복을
잡아당겨 바닥에 내동댕이쳤다.

그러자 탕샤오밍이 훨씬 강경한 기세로 동료에게 앉으라고 명
했다.

"오늘 반드시 깎아야 해. 깎기 싫어도 깎아. 못 깎게 하면 나랑
끝장인 줄 알아!"

그러고는 동료의 팔을 아래로 힘껏 잡아당겨 다시 걸상에 앉

했다.

샤오리는 두 사람이 자신에게 화를 내고 있음을 알아챘다. 은 연중에 느껴지는 저항감에 얼른 어조를 누그러뜨리며 말했다.

"오늘 탄광에 찾아온 손님이 누군지 아나? 우리 탄광의 치안을 책임지는 베이자오 파출소의 왕 소장이야. 권력을 틀어쥐고 허리에 총까지 찬 그 사람이 발을 한 번 구르면 탄광은 뼈대가 휘청거려. 그러니 탄광에서 감히 밉보일 수 있겠나! 그렇다면 그가 왜 탄광에 왔을까? 꼬투리를 잡으러 온 거야. 이럴 때 제대로 접대를 하면, 그러니까 음식과 술을 잘 대접하고 잘 좀 쥐어줘서 그 사람 기분이 좋아지면 탄광에 문제가 있어도 문제 될 게 없어. 하지만 제대로 접대하지 못해 그의 심기를 건드리면, 그는 아무 꼬투리나 잡아서 탄광에 엄청난 손실을 끼칠 거라고."

샤오리는 최근 사례를 하나 들었다. 며칠 전 생산안전검사부 공무원 두 명이 탄광으로 찾아왔다. 그런데 그들은 규정대로 탄갱에 내려가 검사하는 대신 승용차 꽁무니에서 책 뭉치를 잔뜩 꺼내왔다. 전부 하드커버에 한 권 두께가 커다란 벽돌만 했다. 그들은 생산 안전과 관련된 설명서라며 탄광에 팔러왔다고 말했다. 권당 600여 위안으로 서른 권에 2만 위안이 넘었다. 뉴 광산은 탄광에 별 쓸모가 없다고 답하고는 사겠다는 의사를 표명하지 않았다. 결과가 어땠느냐. 그들은 화가 나서 갱도 입구를 살펴보자고 했다. 그러고는 입구 송풍기를 가리키며 설비가 노후해

안전사고가 심히 우려되니 10만 위안의 벌금과 정산정돈停産整頓 통지서를 발급하겠다고 으름장을 놓았다. 분명 새 송풍기인데 왜 노후 설비라고 하지? 새빨간 거짓말이 아닌가! 뉴 광산은 무엇이 잘못됐는지 깨달았다. 송풍기가 아니라 최근 풍조를 따라잡지 못할 정도로 둔한 자신의 머리가 문제였다. 그제야 뉴 광산은 알겠다고 하면서 간부마다 한 권씩 열심히 익힐 수 있게 설명서를 전부 두고 가라고 했다. 그런 다음 두 사람을 시내 고급 호텔로 데려갔다. 그들은 머리부터 발끝까지 씻고 가라오케까지 즐긴 뒤에야 벌금과 통지서를 더 이상 거론하지 않았다. 샤오리는 화제를 다시 왕 소장에게로 돌려 탕샤오밍에게 말했다.

"왕 소장이 비둘기고기를 먹겠다고 콕 집어서 말한 데다 자네 비둘기를 보았어. 자넨 뉴 광산더러 어쩌라는 건가? 내 체면이야 구겨져도 상관없지만 자네, 뉴 광산의 체면은 살려줘야 하지 않겠나!"

샤오리의 해명을 듣고 나자 탕샤오밍은 비둘기를 먹겠다는 발상을 이해할 수 없는 것은 물론, 한층 더 반감이 들었다.

"비둘기를 기르는 게 치안관리법 위반도 아니고 범죄행위도 아니니 누가 와도 두렵지 않습니다. 경찰이 대숩니까? 비둘기는 평화의 상징이니까 경찰이라면 비둘기를 보호해야지요. 왜 기어코 제 비둘기를 먹겠다는 겁니까!"

샤오리가 말을 받았다.

"아직도 모르겠나. 이건 자네 개인과 비둘기 두 마리만의 문제가 아니라 탄광 전체 이익과 관련된 문제야. 우리가 이 탄광에서 일하며 밥을 먹고 사는 이상 탄광을 위할 줄도 알아야지. 탄광에 문제가 생기면 누구에게도 좋을 것 없어. 이렇게 하지. 오늘 비둘기 두 마리를 내주면 나중에 내가 외지에 부탁해 편지를 전하는 것은 물론, 전서구傳書鳩 대회에 출전할 정도로 뛰어난 품종으로 두 마리 구해다주겠네. 어떤가?"

탕샤오밍은 받아들일 것처럼 잠시 침묵했지만 결국 거절했다.

"경찰이 간 뒤에도 기르고 싶으면 다시 와서 마음껏 고르십시오. 돈은 한 푼도 받지 않겠습니다. 하지만 오늘 경찰에게는 안 됩니다. 누구든 제 비둘기 깃털 하나도 건드릴 수 없습니다."

그때 비둘기 떼가 돌아와 탕샤오밍에게 인사하듯 날개를 파닥거리고는 지붕에 내려앉았거나 우리 위 혹은 문 앞 땅바닥에 내려앉았다. 늘 깔끔하게 일을 처리하는 샤오리로서는 최후의 노력을 포기할 수 없었다.

"안 주겠다니 직접 잡아가면?"

"못 잡을 겁니다."

정말이었다. 샤오리가 바닥에 내려앉은 비둘기에게 접근하자 비둘기가 앞으로 걸어가고, 손을 뻗자 곧장 처마 위로 날아갔다. 처마에 자리를 잡은 비둘기는 고개를 내밀어 그를 요리조리 살펴보았다. 마치 "누구냐, 난 널 모르는데!"라고 말하는 것 같았다.

마침내 동료 머리를 다 깎은 탕샤오밍이 동료 목에 둘렀던 초록색 내복을 풀어 문 밖으로 가져갔다. 그러고는 아래로 툴툴 턴 다음 위로 휙 던졌다. 내복을 던지는 주인의 동작에 비둘기들이 무슨 명령을 받은 것처럼 빠르게 모여 날개를 펼치고는 하늘 높이 날아올랐다.

샤오리는 비둘기 떼가 점점 높이, 그리고 점점 멀리 날아가는 것을 바라보면서 비둘기를 잡을 가망이 완전히 사라졌음을 깨달았다. 그는 언짢은 기색으로 탕샤오밍에게 삿대질을 하며 말했다.

"탕샤오밍, 잘 들어, 더 이상 탄광에서 일할 생각 접어!"

"못 하면 말지!"

탕샤오밍이 샤오리의 등에 대고 말했다.

"왕 소장한테 전하십시오. 내 비둘기를 죽일 생각이면 나를 먼저 죽여야 할 거라고!"

뉴 광산에게 돌아간 샤오리는 오늘 진짜 고집불통을 만났다며, 탕샤오밍 그 놈이 죽어도 비둘기를 팔지 않을뿐더러 듣기 거북한 말도 많이 했다고 보고했다.

뉴 광산은 왕 소장 앞에서 낯이 서질 않아 불같이 화를 냈다.

"이런 괘씸한 놈! 놈한테 비둘기와 탄광, 둘 중 하나를 고르라고 해. 비둘기를 고르면 당장 짐 챙겨 나가라고 하고. 계속 뻗댈 수 없을 걸!"

왕 소장도 겸연쩍었는지 뉴 광산에게 물었다.

"비둘기 주인한테 무슨 배경이라도 있나?"

뉴 광산이 대답했다.

"탄광 인부한테 배경이 어디 있겠습니까? 힘 있는 사람을 조금이라도 알면 탄광에서 일할 리가 없지요."

"그 자 과거 행실은 어떤가? 샤오장에게 캐보라고 할까?"

샤오장은 왕 소장의 운전기사였다.

뉴 광산은 캐본다는 말이 무슨 뜻인지 잘 알아서 탕샤오밍은 법을 어긴 적이 없노라고 말했다.

결국 왕 소장은 점심식사 때 비둘기고기를 먹지 못했다. 그나마 샤오리가 얼른 차를 몰고 나가 근처 바이차오百草 진의 마馬씨 고깃집에서 막 요리된 노새고기를 10여 근 사온 덕분에 고기가 빠지지 않을 수 있었다. 뉴 광산은 무척 송구해하며 왕 소장에게 줄기차게 술을 올리고 죄송하다고 사죄했다. 그리고 알아서 벌주를 받듯 왕 소장에게 한 잔 올릴 때마다 자신은 두세 잔씩 마셨다. 그렇게 고량주를 주고받으며 술기운이 오르자 왕 소장의 말이 점점 많아졌다. 대부분 불평이었다. 왕 소장은 어려움이 있으면 경찰을 찾으라는 말이 제일 싫다고 했다. 참나, 사람들이 곤란할 때마다 경찰을 찾으면 경찰은? 경찰은 곤란할 때 누구를 찾아? 또 집세나 마누라 일자리, 아이들 학비 같은 문제는 차치하고 파출소의 정상경비만도 얼마나 큰 문제인데. 위에서는 수시로 서민을 챙기라고 요구나 할 줄 알지, 서민을 살피려면 차를 굴려야 하고 차를 굴리려면 기름을 넣어야 하는데 기름 값은 누가 주냐고?

뉴 광산이 말했다.

"왕 소장님 걱정 마십시오. 소장님이 여기까지 오시는데 헛걸음을 시켜드릴 수 있나요. 기름 값은 제가 책임지겠습니다."

뉴 광산이 샤오리에게 귓속말로 몇 마디 속닥거리자 샤오리가 밖으로 나갔다가 잠시 후 회계를 데리고 들어왔다. 회계가 두툼한 봉투 두 개를 뉴 광산에게 건넸다. 뉴 광산은 왕 소장과 샤오장에게 작은 성의라며 하나씩 나누어주었다.

왕 소장은 봉투를 집어보더니 5000~8000위안 정도 들었으리라 어림하면서 제복 주머니에 넣었다. 그러고는 빈말 한 마디 없이 이렇게 말했다.

"뉴 형, 약속했소. 앞으로 기름이 떨어지면 찾아오지. 뉴 형이 기름을 안 채워주면 낡은 산타나秦塔那를 두고 뉴 형의 BMW를 몰고 갈 테요."

"그럼요, 그럼요. 언제든지 기름이 부족하면 찾아오십시오."

왕 소장을 배웅한 뒤 돌아섰을 때 탄광을 빠져나가는 탕샤오밍의 모습이 뉴 광산의 눈에 들어왔다. 탕샤오밍은 한 손에는 둘둘 만 침구를, 다른 한 손에는 빨간색과 흰색이 엇갈린 비닐 마대자루를 들고 있었다. 말할 필요도 없이 자루 안에는 그의 소중한 비둘기가 들어 있었다. 뉴 광산이 소리쳤다.

"탕샤오밍, 거기 서!"

탕샤오밍이 걸음을 멈췄다. 뉴 광산이 또 어쩌자는 것인지 알 수 없었다.

"당장 돌아가서 자네 일이나 해!"

탕샤오밍이 약간 의아한 표정으로 뉴 광산을 쳐다보았다. 탄광에서 해고하지 않았느냐고 묻는 듯했다.

"안 돌아가고 멍하니 뭐해? 마대에 비둘기 들었지? 어서 풀어 주라고. 계속 그렇게 두면 비둘기가 답답해죽을걸."

탕샤오밍이 몸을 숙여 마대를 풀었다. 비둘기들이 파드닥 날개를 털어 넓게 펼치고는 하늘 높이 날아올랐다. 그리고 빠르게 한데 모여 꽃송이처럼 파란 하늘을 수놓으며 빙빙 맴돌았다.

달빛
온천

예미

葉彌

구칭펑谷青鳳은 20무에 달하는 땅에 만수국을 심었다. 이 국화
들은 그녀에게 가장 소중한 것이었다. 그녀의 집 앞과 뒤, 서쪽
의 작은 강가와 강 맞은편의 양지바른 산비탈 위에는 모두 만수
국이 심어져 있었다. 만수국은 노란색도 있고 주홍색과 주황색
도 있었지만 그녀는 유독 주황색만 좋아했다. 그래서 그녀가 심
은 만수국은 전부 주황색이었다. 여기에는 이유가 있었다. 그해
에, 마을 입구에 있는 나무다리 위에서 처음으로 남편을 만났을
때, 그는 다리 저편에서 걸어오고 있었다. 그의 몸 뒤로 온통 선
연한 주황빛 속에서 해가 떠오르고 있었다. 그는 해와 함께 넘실
대는 주황빛 물결 속에 떠 있었다. 사람의 몸 전체가 황금빛으로
보였다. 지금 떠올려도 그 광경은 그녀를 무척 편안하고 행복하게
했다.

주변 마을 중에서도 그녀의 만수국은 가장 재배가 잘되는 것으로 손꼽혔다. 이곳 여인들은 그녀가 국화와 운명을 함께 하고 있다고 수근댔다. 이런 이유 때문인지 언제부턴가 사람들은 그녀를 만수국이라고 불렀다. 만수국, 만수국, 하고 부르다보니 그녀의 남편까지도 다른 사람들을 따라 그녀를 만수국이라고 불렀다. 마을 간부가 사람을 데리고 그녀의 농원을 참관하러 오면, 어떤 때는 그녀를 성이 만 씨요, 이름이 수국이라고 소개하기도 했다.

　그녀는 매일 새벽이면 날도 밝기 전에 일어나 가족들에게 먹일 죽을 끓인 후 돼지에게 먹일 풀을 베기 위해 산으로 올라갔다. 그리고 해가 뜨고 나면 20무에 달하는 만수국을 경작하러 갔다. 그녀의 남편은 준수한 외모를 지니고 있었다. 피리를 불 줄도 알고 호금도 켤 줄 알았다. 민요도 잘 불렀다. 하지만 먹는 것과 입는 것만 좋아할 뿐, 밭일은 하기 싫어했다. 그는 아침을 먹고 나면 휘파람을 불며 밖으로 나가 빈둥거리며 돌아다녔다. 밭에서 일하던 사람들은 휘파람 소리를 들으면 이렇게 말했다. 불쌍하기도 하지! 만수국이 집에 또 혼자 있겠네.

　휘파람을 부는 남자는 늘 밖에서 점심을 먹었다. 식사를 마치면 집에 돌아와 낮잠을 자고, 일어나면 다시 또 밖으로 나갔다. 어떤 때는 낮에도 집에 들어오지 않고 밤이 되어서야 귀가했다. 마을 사람들은 그를 가리켜 만수국이 방목해 기르는 오리라고 했다.

하지만 만수국은 그렇게 생각하지 않았다. 하루 종일 힘들게 일한 그녀에게 있어 가장 즐거운 시간은 저녁을 먹고 나서 남편이 만수국, 등 좀 두드려 줄까? 하거나 이리 좀 와 봐, 내가 어깨 좀 주물러 줄게, 할 때였다. 그러면 만수국은 보통 이렇게 대답했다. 아니에요, 됐어요. 어서 가서 누워요. 만수국은 말하는 걸 좋아하지 않았다. 그녀가 하루 종일 하는 말은 겨우 몇 마디가 전부였다. 남편은 그녀의 입이 먹는 데만 쓰인다고 말했다. 그녀는 마을 안에서 가장 말을 잘 못하는 여인이었다.

그렇다면 마을에서 가장 말을 잘하는 여인은 누구였을까?

다름 아니라 '팡芳'이라 불리는 여인이었다. 지지난해, 어떤 사람이 웨량산月亮山에서 온천을 발견했다. 이 온천물에는 17~18가지의 미량원소가 함유되어 있어 이 물로 온천욕을 하면 무병장수할 수 있다고 했다. 이런 말은 누구나 듣기 좋은 법! 그래서인지 어떤 사람이 바로 깊은 산속에 '월궁月宮'이라는 온천휴양지를 개설했다. 많은 남녀가 개미가 먹을 것을 구하듯이 바깥에서 몰려들었다. 그리고 각양각색의 옷을 훌훌 벗어던지고 열기가 피어오르는 온천물 속에 몸을 담근 채 마치 영혼까지도 달빛 궁전으로 날아간 듯 눈을 몽롱하게 뜨고 있었다.

'월궁'은 겹겹이 쌓인 깊은 산속에 감춰져 있었다. 사방에는 울창하게 우거진 수천수만의 거목들이 하늘을 찌를 듯이 우뚝 솟아 있었고 여인들의 수는 그보다 훨씬 더 많았다. 수많은 여인이 산속 혹은 산 밖에서 서둘러 달빛 궁전으로 몰려 들어왔다. 그녀들은 마치 나무처럼 그곳에서 뿌리를 내리고 떠나지 않았다. 팡은 마을에서 가장 먼저 그곳으로 떠난 사람이었다. 그녀는 떠난 지 두 달이 되지 않아 가족과 친지들을 만나러 마을로 돌아왔다. 그녀는 여자들이 한 번 보면 절대 잊을 수 없는 아름다운 옷을 입고 입술에는 화려한 립스틱을 바르고 있었다.

마을 여자들은 팡의 입이 듣기 좋은 말을 하고 좋은 것을 먹고 마시며 각양각색의 립스틱을 바르는 등의 여러 용도로 쓰인다는 것을 잘 알고 있었다. 그녀는 말을 하면서 작은 파우치 안에서 대여섯 개의 립스틱을 꺼내 하나씩 열어서 모두에게 보여주었다. 봐봐, 이것은 분홍색이고, 이것은 진한 보라색, 이건 주황색이야……. 입에 바르는 것 말고 어디다 쓴대요? 바보 같긴, 남자들이 좋아하잖아! 당신 입술에 입을 맞추면서 속으로는 엘리자베스 테일러의 입술을 떠올리는 거지. 엘리자베스 테일러가 누구래? 이런 바보들 같으니라고, 그 여자가 누군지도 모른단 말야? 돈 벌고 싶고, 여러 가지 일을 알고 싶으면 어서 웨량산에 있는 온천으로 가보라고!

팡은 여자 하나를 시켜 주황색 립스틱을 만수국에게 가져다주라고 했다. 그리고는 그녀에게 이런 말도 전하라고 했다. 만수국이 원래는 우리 마을에서 제일 예쁘고 콧대 높은 여자였어. 지금 그녀는 자신이 잘 살고 있는지 못 살고 있는지 잘 알 거야. 만약 그녀가 뒤에서 내 욕을 한다면 난 그냥 웃을 거야. 립스틱을 내던진다면 내가 한숨을 쉴 거야.

립스틱이 만수국의 손에 쥐어졌을 때, 그녀는 앙칼지게 욕을 퍼붓고는 립스틱을 쳐다보지도 않고 돼지우리 속에 집어던져버렸다. 그날 그녀는 하루 종일 마음이 심란하고 뒤숭숭했다. 귓가에서 쾅이 웃고 한숨 쉬는 소리가 들리는 것 같았다. 그녀는 밭일을 할 수가 없어 길 입구에 서서 남편을 기다렸다.

날이 어둑어둑해질 무렵, 남편이 유유하게 길 위에 나타났다. 흔들흔들 걷는 모습이 마치 속세 밖의 사람처럼 보였다. 만수국이 조심스레 물었다. 밖에서 매일…… 뭘 하는 거예요? 남편이 눈을 크게 뜨고 목을 뻣뻣이 세우고는 되물었다. 무슨 뜻으로 묻는 거요? 만수국은 대화를 좀 부드럽게 하고 싶은 마음에 억지로 한 번 웃고는 말했다. 별 뜻이 있어서 물은 게 아니라, 오늘은 그냥 당신이 특히나 더 보고 싶어서 그랬어요! 남편이 한숨을 돌리고는 대답했다. 사실은 나도 내가 밖에서 뭘 했는지 모르겠소! 만수국이 다시 물었다. 당신은 왜 밖에 있는 게 좋아요? 남편이 당당하게 대답했다. 바깥세상이 집에 있는 것보다 훨씬 좋으니까 그렇지. 당신도 알겠지만 우리 마을에 여자라고는 늙은이나 어린 계집아이 빼고는 거의 다 떠나고 없잖아. 이런 상황에서 아직도 집에 남아 있고 싶은 사람이 누가 있겠소?

그는 말을 하면서 연거푸 하품을 해댔다.

바깥세상을 좋아하는 사람은 정말이지 적지 않았다! 팡이 돌아온 이후, 마을의 젊은 여자들은 용기를 내어 그녀의 모습을 따라하며 웨량산의 온천으로 떠났다. 이제 마을에 남은 젊은 여자라고는 만수국밖에 없었다. 오로지 그녀만이 예전과 다름없는 생활을 하면서 도처에 핀 자신의 국화를 지키고 있었다.

팡은 온천에서 1년을 보낸 후 다시 돌아왔다. 이번이 두 번째 귀향이었고, 처음과는 또 다른 모습이었다. 그녀는 하루만 머물렀다. 올 때는 전체가 번쩍거리는 울금치마를 입고 있었고, 돌아갈 때는 활동적인 분위기의 붉은색 정장을 입고 있었다. 그녀는 마치 부모님을 뵈러 온 황후처럼 멋스럽고 당당해보였다. 비록 하루를 머물기는 했지만, 그 하루는 그야말로 대단했다. 그녀는 자신의 친정집을 마작관으로 만들고 오빠 내외에게는 소형 영화관을, 남동생에게는 시터우팡洗頭房(샴푸와 안마, 발마사지 등의 서비스를 제공하지만 퇴폐영업도 하는 곳)을 열게 할 계획을 세웠다. 그녀가 떠난 후 이 일들은 그녀의 친정 식구들에 의해 성사되었다. 이때부터 마을 안에서는 밤낮으로 마작 소리가 끊이지 않고 울려 퍼졌으며 연애하는 남녀는 더 이상 들판에서 노래를 부르거나 시시덕거리지 않고 소형 영화관으로 달려가 서로의 몸을 더듬고 만지작거렸다. 시터우팡에는 외지에서 온 아가씨 둘이 있었다. 그녀들은 이곳의 습하고 더운 날씨가 적응이 되지 않는다며 민소

매 블라우스와 초미니 스커트를 입고 유리문 안쪽에 앉아 있었다. 그리고는 맨다리를 꼰 채로 가슴을 훤히 드러내고서 담배를 피우고 있었다. 그녀들은 마을 청년들의 혼을 쏙 빼갔다.

이것은 그 뒤에 벌어진 이야기다.

팡이 떠나던 날 저녁, 만수국의 남편이 집으로 들어오며 심각한 표정으로 말했다. 팡을 봤는데 말야, 소형차에 앉아서 현縣 간부처럼 나한테 손을 계속 흔들더라고. 옛날을 생각하면 말만 번지르르하게 잘했다 뿐이지 어디 당신하고 비교나 됐었나? 지금 그 여자 기세를 좀 봐. 차를 세우더니만 요즘 당신이 어떻게 지내냐고 묻더라고. 어떻게는 무슨! 그래서 그냥 고개를 돌려 와버렸지. 내가 그 여자한테 당신이 어떻다고 말을 하겠어? 지금 당신 모습을 좀 보라고. 그 여자랑 비교하는 건 둘째 치고 예전의 당신하고도 비교를 할 수 없잖아. 당신이 이러고 있는 건 당신 자신뿐만 아니라 나까지도 무시하는 거라고.

만수국이 잠시 멍하니 있다가 고통스럽게 물었다. 내가 어째서 당신을 무시한다는 거예요? 남편이 되물었다. 당신은 그것조차 모른단 말이야? 팡의 친정식구들을 좀 보라고. 하나같이 우쭐대면서 고개를 뻣뻣이 쳐들고 다니잖아. 만수국이 다툼을 끝내려고 꾹 참고 말했다. 그 얘기는 다음에 다시 하고요, 어깨 좀 두드려줘요. 나 여기가 너무 시큰거려요!

남자는 여전히 씩씩거리면서 두 손을 늘어뜨린 채 그녀를 매섭게 노려보았다.

만수국은 남편의 손을 끌어다가 자신의 어깨를 두드렸다. 남편의 손은 차갑고 무거웠으며 마지못해 그녀의 손을 따라 움직였다. 몇 번을 두드리다 그녀가 손에 힘을 풀자 남편의 손은 사라졌다. 만수국은 순간 온몸과 뼈 마디마디가 다 쑤셨다. 그녀는 눈물이 쏟아질 만큼 가슴이 쓰리고 아팠다.

아무 맛도 느끼지 못하고 저녁을 먹은 후, 햇빛이 아직 옅게나마 남아 있을 때 그녀가 남편에게 말했다. 나가요, 우리. 국화밭 보러 가요!

두 사람이 집 앞에서 뒤쪽으로 걸어갈 때 해는 서쪽 산골짜기로 떨어지고 있었다. 주황색 불빛이 먼 곳으로부터 국화밭 쪽으로 칼처럼 떨어져 꽃이 더욱 연약해 보였다. 만수국은 가슴이 아팠다. 순간 그녀의 눈에 눈물이 가득 고였다.

남편이 화가 나서 말했다. 왜 우는 거요? 네 시간도 안 돼서 두 번이나 울었잖아. 집에 누가 죽기라도 했나? 만수국이 눈물을 닦으며 대답했다. 큰 나무다리 위에서 당신을 처음 봤을 때가 떠올라서요.

남편은 그녀를 뚫어져라 한 번 쳐다보고는 고개를 숙이고 밭두렁에 앉았다. 그가 한결 부드러워진 말투로 말했다. 내가 당신한테 차갑게 대한다고 서운해 하지 마요. 그때 내 나이 스물 하나였지. 어느 날 옥수수 죽을 먹다가 그릇을 거의 다 비워갈 때쯤이었을 거야. 같은 마을 젊은이 둘이서 벽을 사이에 두고 당신 얘기를 하는 걸 들었지. 당신이 주변 마을을 통틀어서 제일 예쁜 아가씨라는 거야. 난 그 말을 듣고 너무 궁금한 나머지 곧바로 당신을 찾아갔지. 그런데 큰 나무다리에 다다랐을 때 생각지도 못하게 당신을 보게 된 거야⋯⋯ 그때 당신은 팡보다 훨씬 더 예뻤어. 팡은 정말 댈 것도 아니었지. 마르고 시커멓던 미친년이 뭘 믿고 현 간부나 되는 것처럼 구는지 모르겠어. 만수국이 미간을 찌푸리며 낮은 소리로 말했다. 나는 팡이 돌아왔을 때 두 번다 만나보질 않아서 지금 그 여자가 어떻게 예뻐졌다는 건지 정말 모르겠어요. 온천이 정말 그렇게 좋을까요? 참새도 봉황이 될수 있을 정도로?

바람이 불어오자 남자가 목을 움츠렸다. 해는 어느 틈엔가 이미 산 아래로 기울어 보이지 않았다. 산과 나무, 바람, 구름이 모두 어둡게 변했다. 만수국은 남자의 대답을 듣지 못하자, 화제를바꿔 다시 물었다. 팡이 당신에게 또 무슨 말을 했어요? 남자는생각할 필요도 없다는 듯 재빨리 대답했다. 그 여자 말로는 온천에는 여자들이 원하는 게 다 있다고 하더라고!

이튿날 만수국은 평소와 마찬가지로 날도 밝기 전에 일어나돼지에게 먹일 풀을 베러 나갔다. 그리고 돌아와서는 가족들에게 줄 죽을 끓였다. 죽이 다 되자 그녀는 남자를 보러 갔다. 남자는 이미 잠에서 깨어 이불 속에 누운 채 눈을 크게 뜨고 있었다.

그가 또 무슨 생각을 하고 있는지는 알 수가 없었다. 만수국이 그의 앞에 서서 말했다. 오늘 웨량산에 있는 온천에 가보려고요. 거기에 도대체 뭐가 있는지 직접 가서 보게요. 남자는 가볍게 기침을 하고는 곧바로 얼굴을 벽 쪽으로 돌리고 말했다. 당신이 가고 싶으면 가구려. 나한테 얘기할 필요는 없으니까. 난 모르니 상관없소. 난 못 들었으니…… 아들하고 돼지는 다른 사람한테 맡기도록 해요. 당신이 집에 없을 때 내가 돌볼 수는 없으니까.

만수국은 조용히 남자 곁을 떠나 밭으로 가서 해가 뜰 때까지 부지런히 일했다. 그녀가 집에 돌아왔을 때 남자는 보이지 않고 탁자 위에 빈 그릇만 놓여 있었다. 아들 샤오수小樹는 바닥에 쪼그리고 앉아 열심히 똑같은 것을 그리고 있었다. 그녀는 샤오수의 손을 씻긴 후 함께 죽을 몇 숟갈 뜨고 나서 설거지를 한 다음에 부엌에 땔감을 가득 가져다 놓았다. 그러고는 깨끗한 옷으로 갈아입고 짐을 꾸렸다. 짐 속에는 여분의 옷과 말린 국화 두 봉지를 넣었다.

그녀는 샤오수의 작은 손을 잡고 우리에서 돼지를 몰고 나와 마을 어귀에 있는 마산馬三 할머니 댁에 갈 준비를 했다. 그녀는 길을 걸으며 남편의 자취를 찾고 싶은 마음에 주위를 두리번거렸다. 그리하여 몇 가지 일들을 알게 되었다. 저 무너진 담벼락 뒤편은 그녀와 남편이 연애할 때 숨었던 곳이었고, 저 나무는 그녀와 남편이 감정을 한껏 실어서 민요를 부르며 기댔던 나무이고, 저 강 부두에서는 남편이 그녀에게 처음으로 입맞춤을 했었다……. 그리고 또 저쪽에는 큰 나무다리가 있었다. 남편과 그녀는 한 사람은 다리 이쪽 편에, 다른 한 사람은 다리 저쪽 편에 선 채 서로에게 첫눈에 반했었다.

만수국은 마침내 자신이 떠나기 전에 남편을 볼 수 없다는 것을 깨달았다. 그가 피하려고 작정한 이상, 마을에서 배회하고 있을 리가 없었기 때문이다.

만수국은 샤오수와 돼지를 마산 할머니 댁에 데려다주면서 온천에 갈 거라고 말했다. 무슨 급한 일이 있는 것은 아니고 팡에게 묻고 싶은 것이 있어서 그녀를 찾아가는 길이라고 했다. 마산 할머니가 입술을 질근질근 깨물면서 짜증스러운 듯 말했다. 가고 싶으면 가거나. 난 아무 것도 안 물어볼 테니까. 아이고, 거기가 그렇게 좋다면서! 밤에도 사방이 다 등불이라 대낮같이 밝아서 머리카락 한 올이 땅에 떨어져도 다 보인다대. 나는 늙어서 그렇게 먼 길을 갈 수 없다는 게 아쉬울 뿐이야. 팡은 정말 능력 있는 사람이야! 혼자서 우리 마을 절반을 책임지고 있으니 말이야!

마산 할머니는 한쪽 다리로 문지방을 딛고 한 손을 이마에 댄 채 햇빛을 가리고 있다가 만수국이 보이지 않자 그제야 서글픈 듯 말했다. 우리 마을의 젊은 여자들이 다 떠나버렸어. 다들 어디로 갔나? 온천에 갔지. 큰돈을 벌겠다고 갔어! 지들 몸뚱이를 팔러 간 게야!

만수국은 큰 나무다리를 건넜다. 다리 아래에는 하얀 물보라를 일으키며 물이 세차게 흐르고 있었다. 이런 광경은 옛날부터 지금까지 변하지 않았고 아마 앞으로도 변하지 않을 것이다. 하지만 사람은 어떤가. 모두 예전의 모습이 아니다. 그녀는 화가 치밀어 그녀가 돌아온 뒤로 어째서 마을의 모든 것이 변했는지 팡에게 따져 묻고 싶었다. 만수국의 남자까지도 쌀쌀맞은 얼굴로 내키지 않은 듯 그녀의 등을 두드렸었다. 남자가 못마땅한 얼굴로 그녀의 등을 두드린다는 것은 만수국이 잘 살고 있지 못하다는 것을 의미했다. 팡은 총명한 여자라서 만수국의 남자만 봐도 그녀가 어떻게 살고 있는지 알 수 있었다.

그녀는 굽이굽이 산길을 따라 아침부터 저녁까지 걸었지만 아직 온천의 그림자도 보지 못했다. 계속해서 이어진 길은 걷고 또 걸어도 끝나지 않을 것만 같았다. 그녀는 도로를 벗어나 길가에서 멀지 않은 작은 개울가에 앉아 먹을거리를 꺼내 씹기 시작했다. 날이 곧 어두워질 것 같았고 대나무 가지 끝에서는 바람이 쉴 새 없이 불고 있었다. 화살이 먼 곳에서 날아와 사람의 몸을 관통한 후 다시 먼 곳으로 날아가는 것처럼 온 세상이 윙윙대는 소리로 가득 찼다.

만수국은 먹던 것을 버리고 무릎에 얼굴을 묻고 엉엉 울기 시작했다. 그녀는 샤오수가 보고 싶었고, 돼지와 여기저기 핀 만수국도 떠올랐다. 그리고 무엇보다 남편이 제일 그리웠다. 남들은 하나같이 그를 게으르다고 했다. 물론 좀 게으르긴 하지만 그는 따뜻하고 자상했으며 말투도 부드러웠다. 또한 아침부터 밤까지 즐겁게 노래를 흥얼거렸다. 그리고 만수국을 보면 그의 얼굴에는 행복한 미소가 번졌었다. 만수국은 그의 미소를 보면 시간이 거꾸로 흘러서 둘이 처음 만났던 그 가슴 뛰던 순간으로 되돌아가는 것만 같았다. 그녀가 가장 바라는 것은 바로 이 세상의 그 어떤 금은보화와도 바꿀 수 없는 그 남자의 미소였다.

만수국은 어리석은 여자였지만 사랑 없이는 살 수 없었다. 사랑이 있어야 햇볕도 따사롭고 꽃도 찬란했다. 그리고 삶도 활기찰 수 있고 죽더라도 아쉬움이 남지 않을 것 같았다.

만수국이 한바탕 울고 난 후 고개를 들었을 때 눈앞에 한 남자가 서 있었다. 그녀는 그가 언제 자기 앞에 와서 서 있었는지 알 수 없었다. 그는 오랜 여행에 지쳐 보이긴 했지만 가만히 그녀를 바라보는 눈빛에는 호의가 담겨 있었고 듬직해 보이는 인상이었다. 이유는 알 수 없었지만 만수국은 그가 친근하게 느껴졌다. 오래전부터 알고 지낸 것 같은 느낌이었다.

그가 상냥하게 물었다. 어디를 가던 중인가요? 그녀는 눈물을 훔치며 웨량산에 있는 온천에 가는 길이라고 대답했다. 그리고 이어서 얼마나 더 가야 하는지 아느냐고 물었다. 그는 아주 솔직하게 대답했다. 나도 얼마나 더 가야 하는지 몰라요. 실은 나도 거기에 가는 길이에요. 나는 칭허靑河 마을에 사는 먀오산린苗山林

이라고 해요. 만수국은 울고 싶은 생각이 사라졌다. 그녀가 쾌활한 어투로 말했다. 저는 만수국이라고 해요.

먀오산린은 팔을 한쪽 잃었다. 그에겐 팔이 한쪽 밖에 없었다.

이렇게 만수국은 길동무 하나를 얻어 더 이상 어두움과 외로움을 두려워할 필요가 없게 되었다. 그녀는 보따리를 등에 메고서 아주 빠른 걸음으로 앞장서 걸어갔다. 먀오산린이 그녀의 뒤를 따르며 말했다. 그렇게 빨리 갈 필요 없어요. 쉬엄쉬엄 가서 저녁에 도착하는 게 딱 좋아요. 온천은 밤의 천국이라 밤이 깊을수록 더 시끌벅적해진대요. 낮에는 사람들이 모두 잠을 자기 때문에 오히려 한산하다고 들었어요. 그가 다시 눈앞의 석양을 가리키며 말했다. 만수국이 바로 저런 색 아닌가요? 만수국이 웃으며 대답했다. 비슷해요. 먀오산린이 당신이란 사람도 저런 색깔인 거 같아요 하고 말하자 만수국이 입을 오므리고 부끄러운 듯 작은 소리로 웃으며 대답했다. 비슷해요. 먀오산린의 말에 그녀의 마음이 따뜻해졌다. 그러자 그녀의 발걸음이 더욱 빨라졌다.

먀오산린이 뒤에서 큰소리로 물었다. 당신은 온천에 대해서 뭐 들은 거 없어요? 그때 바람이 앞쪽으로 불었다. 그의 목소리는 바람결에 실려 만수국의 곁을 지나 빠르게 먼 곳으로 사라졌다. 만수국이 걸음을 멈추고 그를 기다리며 대답했다. 온천은 여자들의 천국이래요. 여자들이 원하는 것은 뭐든지 다 있다고 하더라고요! 먀오산린이 몇 걸음 쫓아와서는 서둘러 말을 받았다. 남자들의 천국이라고 하던데요. 남자들은 거기 가면 눈이 휘둥그레져서 모든 시름을 다 잊는다고 하더라고요. 그들은 서로를 한 번 쳐다보고는 더 이상 아무 말도 하지 않았다.

날은 완전히 어두워졌지만 달은 아직 뜨지 않았다.

걷다보니 갑자기 앞에 있는 길이 숲 속까지 뻗어 있었다. 그리고 숲 아래쪽의 산비탈이 꺾어지는 산골짜기에 진주처럼 빛나는 불빛이 온 대지 위에 펼쳐져 있었다.

이곳이 바로 온천이었다.

그들은 더 걷지 않고 멈춰 섰다. 갑자기 세상이 눈부시게 변하자 두려움을 느꼈기 때문이었다.

만수국은 길가에 있는 바위에 기대어 신발을 벗었다. 그녀의 발에는 작은 물집이 올라와 있었다. 먀오산린이 버드나무 껍질을 벗겨내 그녀에게 건네며 소염 진통에 효과가 있으니 물집이 생긴 곳에 바르라고 했다. 만수국이 쓸쓸하게 말했다. 제 아들 이름이 샤오수예요. 지금까지 곁을 떠나본 적이 없지요. 오늘 밤에 울거나 소리를 지르고 있지는 않을지 모르겠어요. 먀오산린이 잠시 멍하니 있다가 물었다. 당신 남자는요? 만수국이 제 남자요? 하고 되묻고는 말을 이었다. 제 남편은 꿈꾸는 걸 좋아하는 사람이에요. 하루 종일 큰돈을 벌어서 잘 살겠다는 꿈을 꾸고 있지요. 우리 마을에 팡이라는 여자가 있는데 그 여자가 온천에서 큰돈을 벌었어요. 제 남편은 그 여자 얘기만 했다 하면 나를 미워했어요. …… 예전에는 잘 지냈지요. 매일 그의 얼굴에선 미소가 떠나지 않았어요. 그 사람 미소가 그립네요. 전 그이의 미소를 볼 때면 제가 잘 살고 있다는 생각이 들었어요.

만수국의 목소리는 얘기를 하면 할수록 가라앉았다. 그러다 나중에는 눈물범벅이 되어 먀오수린의 빈 소매 한쪽을 끌어다가 얼굴을 감쌌다. 소매로 얼굴을 잠시 가렸다가 역시나 마땅치가 않은지 내려놓고는 먀오산린에게 물었다. 그런데 팔 한쪽은 어떻게 된 건가요?

먀오산린이 몸을 돌려 겹겹이 이어진 산과 무성한 숲을 마주한 채 이야기를 시작했다. 예전에 같은 마을에 사는 아가씨를 사랑하게 됐어요. 그녀도 나를 사랑해서 둘이 결혼하고 딸아이를 하나 갖게 되었죠. 그러던 어느 날, 패기 넘기는 건축 하청업자 하나가 마을에 들어왔어요. 그곳에 리조트를 건설할 생각이었지요. 그는 풍수를 살피는 한편, 여자들도 관찰했어요. 그런데 건설 부지는 정하지 않고 내 여자를 점찍었죠. 결과는 짐작하는 그대로예요. 하청업자가 여자를 데리고 떠나던 날, 내가 마을 입구에서 그들을 가로막았어요. 그러자 광분한 여자가 칼로 내 팔 한쪽을 베어버리고 말았죠. 그날 이후로 그는 남들보다 팔 하나가 없게 되었다고 했다.

이야기를 마치고도 먀오산린은 오랫동안 고개를 돌리지 않았다. 그는 겹겹이 이어진 산과 숲을 바라보며 이야기했고 눈물도 흘렸다.

훗날 그는 다른 사람을 따라다니며 힘들게 고생하며 약초 장
사를 해서 큰돈을 벌었다고 했다. 마음속에 시름이 있는 남자가
온천에 가면 모든 상처를 잊을 수 있다는 얘기를 듣고 그가 가
장 하고 싶었던 일은 온천에 가서 예쁘고 다정한 여자를 만나
번 돈을 다 써버리고 가벼운 마음으로 집에 돌아가는 것이었다
고 했다.

온천이 바로 눈앞으로 다가오자 그는 갑자기 가고 싶은 마음
이 사라졌다. 그는 속으로 겁이 났다. 무엇이 두려운지는 그도 알
지 못했다. 그는 갑자기 한 가지 사실, 즉 자신이 여자를 원하고
있다는 것을 깨달았다. 여자를 찾되 반드시 자신이 좋아하는 여
자를 찾아야 했다. 만수국은 바로 그가 좋아하는 여자였다. 그녀
에게는 그에게 익숙하면서도 잊을 수 없는 분위기가 있었다. 아
내와 막 결혼했을 때는 그녀에게도 이런 분위기가 있었다. 이는
그의 마음을 편안하게 하고 만족감과 감사함을 느끼게 했다. 또
한 친척이나 친구들과 서로 아끼고 사랑할 수 있게 만들어주었
고, 낯선 이들을 정중히 대하고 존중하게 해주었다. 최근 몇 년간
그는 약초 장사를 하느라 곳곳을 돌아다니며 수많은 여자를 봐
왔지만 그녀들에게는 그런 분위기가 없었다. 어쩌면 그들도 과거
에는 가지고 있었지만 지금은 잃어버렸는지도 모른다. 어쨌든 그
는 만수국을 보고 나서 자신이 좋아하는 그 분위기가 떠올랐다.

아주 오래 전에 성스럽게 떠받들던 일, '연애'라는 것이 떠오른 것이다. 그는 연애를 생각하자 기분이 좋아졌다.

마오산린은 여전히 겹겹이 이어진 산과 숲을 바라보며 말했다.

결론적으로 말해서, 당신만 마다하지 않는다면 당신은 제가 가진 돈 전부를 갖게 되는 것이고 나는 당신을 갖게 되는 겁니다.

마오산린의 말은 진정성이 있었다. 그래서 만수국도 이 문제를 진지하게 생각하기 시작했다. 그녀는 미간을 찌푸린 채 한참을 생각하다가 손에 든 나무껍질을 버리고 신발을 신고 일어섰다. 그러고는 마오산린의 뒷모습을 바라보며 안 돼요라고 말했다. 그녀는 안 되는 이유에 대해서는 말하지 않았고 마오산린도 묻지 않았다. 마오산린이 몸을 돌렸다. 이번에는 그가 만수국의 뒷모습을 바라보았다. 그가 만수국에게 말했다. 난 여기서 당신을 기다릴 겁니다!

만수국은 길을 걸으며 스스로에게 말했다. 나는 온천에 가야 해. 이 말을 하고 난 후 그녀는 갑자기 멍한 기분이 들었다. 뜻밖에도 무엇 때문에 온천에 가려고 하는지 그녀 자신도 알 수 없었기 때문이다. 숲을 지나서 모퉁이를 돌아 큰 석교를 건너자 온천 옆의 큰길이 나타났다. 그곳은 차가운 기운이 가득했다. 강물이 '쏴쏴' 하고 차가운 소리를 내며 큰길을 에돌아 흘렀다. 이따금 뿌연 안개가 상점 뒤편에 있는 산 위쪽에서 덮쳐와 길가를 지나서는 다리 맞은편에 있는 숲속으로 사라졌다. 길에는 상점들이 즐비하고 상점 앞에는 음식 노점들이 길게 늘어서 있었다. 여기저기 화려하고 뜨거운 불빛들이 산 속의 음침하고 차가운 기운을 누그러뜨렸다.

만수국은 마산 할머니가 했던 말이 떠올랐다. 이곳의 밤은 땅에 떨어진 바늘도 찾을 수 있을 만큼 정말이지 대낮같이 밝았다. 역시나 마을 여자들이 전부 달려올 만했다. 마을엔 늘 풀 썩는 시큼한 냄새와 가축의 똥냄새가 가득 차 있고, 사람들은 모두 집에서 나는 해묵은 곰팡이 냄새를 달고 다녔다. 그런데 이곳은 바람까지도 향기로운 것 같았다. 요리할 때의 참기름 향에다 공기 안에 은은하게 떠다니는 향수 냄새까지 더해져 있었다. 만수국은 눈을 크게 뜨고 쭉 둘러보았지만 길에는 그녀가 아는 여자가 보이지 않았다.

그녀의 배에서 '꼬르륵 꼬르륵' 소리가 나며 무언가 먹어야 한다는 것을 일깨워주었다. 그녀는 아무 생각 없이 가장 가까운 등받이 없는 의자에 털썩하고 앉았다. 노점 주인은 삼십 대로 보이는 건장한 남자였다. 그가 다가와 인사를 건네며 말했다. 손님, 뭘 드시겠어요? 소고기나 양고기 구이를 드시겠어요? 아니면 꿩고기 찜을 드릴까요? 토끼 다리 구이도 맛있고요. 그는 만수국이 대답이 없는 것을 보고는 곧장 이렇게 말했다. 뜨거운 국수한 그릇 하셔도 좋고요! 제가 보기에 지금 손님한테는 고추를 곁들인 뜨거운 국수가 가장 필요할 거 같은데요.

노점 주인은 둥근 두상에 아주 짧은 머리를 하고 있었다. 가늘고 긴 눈에는 부드러운 미소를 머금고 있었으며 덧니 하나가 바깥으로 드러나 있었다. 만수국은 그의 미소를 보자 남편이 생각나서 무슨 말을 해도 면발을 목구멍으로 넘길 수가 없었다. 말이 많은 노점주인은 쉬지 않고 이야기를 했다. 많이 드세요! 면을 만들 때 쓴 밀가루는 산시陝西 성에서 가져온 건데요, 씹는 맛이 있어요. 제가 보기에는 휴가차 여행 온 분 같지는 않은데요. 만수국이 그릇을 내려놓으며 조용히 말했다. 사람을 찾으러 왔어요. 노점 주인이 되물었다. 누구를 찾는데요? 제가 여기 노점상 1호예요. 거짓말이 아니라, 온천에 있는 사람은 제가 다 알아요. 그의 말이 끝나자마자 옆에 있는 노점에서 어떤 사람 하나가 픽 하고 웃더니 말했다. 자네가 1호라고? 자네가 1호면 나는 몇 호인데? 노점 주인이 가슴을 치며 말했다. 내가 당연히 1호지. 당신네가 몇 호인 게 나하고 무슨 상관이야? 암튼 매를 벌어요. 저기, 손님, 우리끼리 그냥 하던 얘기나 계속하지요. 저 양반은 신경 쓰지 말고요. 근데 누구를 찾는다고요? 만수국이 대답했다. 팡을 만나러 왔어요.

만수국의 말이 끝나자 노점 주인이 잠시 멍한 표정을 짓더니 재빨리 눈길을 돌려 진지하게 물었다. 팡하고는 어떻게 되는 사이예요? 만수국이 그를 뚫어져라 바라보다 긴장한 채 대답했다. 친정식구예요! 그러자 노점 주인이 고개를 내저으며 말했다. 그 여자 친정식구로는 안 보이는데요, 일자리 부탁하러 온 거 맞죠? 여기에 팡을 만나러 온 여자들이 많아요. 그럴 만한 것이 그 여자가 여기 온천의 창녀 1호거든요. (옆집 노점 주인이 중얼거리듯 말했다. 그건 그래, 그건 참말이라고 할 수 있지.) 그 여자가 우리 식당에 와서 밥을 여러 번 먹었거든요. 막 왔을 때는 외상도 했었는데 그 돈은 나중에도 갚질 않았답니다. 우리 집 뒤에서 내게 뽀뽀 몇 번을 허락한 후에 갚은 셈 쳤지요. 저야 뭐 좋았어요. 충분한 가치가 있었으니까요! 그 여자가 우리 온천에서 가장 능력 있는 여자였거든요. 똑똑하고 예쁜 데다 돈도 있었죠. 무식한 것 빼고는 이해타산이나 수완이 사장 뺨쳤지요. 그런데 안타깝게도 오늘 오후에 강에 뛰어들었지 뭐예요. 저기 저, 바로 저 큰 다리 위에서 그랬어요. 풍덩 하는 소리와 함께 곧장 강물로 뛰어내렸다니까요.

그는 만수국이 큰길로 들어서기 전에 건넜던 큰 석교를 가리켰다. 그가 몸을 돌리면서 손가락을 만수국의 얼굴 위쪽으로 휙 긋고 지나가는 바람에 만수국은 깜짝 놀랐다.

그의 말은 끝나지 않았다.

아래쪽에는 큰 돌들이 뾰족하게 솟아 있고 물은 얼음처럼 차가웠어요. 돌 위에 묻은 피는 눈 깜짝할 사이에 물에 씻겨 내려갔지요. 마치 아무 일도 없었던 것처럼 말이에요…… 병원으로 보내졌는데 죽지 않는다고 해도 불구가 될 거라고 하더군요. 그녀를 보러 병원에 가고 싶으면 제가 아내를 불러서 데려다 드리라고 하지요. 병원은 멀지 않아요. 산길로 20분만 걸어가면 돼요.

만수국이 눈을 크게 뜬 채 대답이 없자 노점 주인은 친절하게도 자신의 아내를 부르러 갔다. 그가 자리를 뜨자마자 옆집 노점 주인이 고개를 쑥 내밀고 말했다. 언니! 언니는 절대 답답한 생각하고 그러면 안 돼요! 이런 일은 우리 온천에서는 그리 큰일도 아니에요. 앞으로 여기서 잘만 하면 언니도 그 여자처럼 성공도 하고 친정에 돈도 많이 줄 수 있을 거예요. 그래도 그 여자처럼 답답한 생각하고 그럼 안 돼요. 사람은 자신을 소중하게 생각해야 돼요. 나는 나를 아주 소중하게 여겨요. 내가 요 며칠 밤에 화장실을 너무 자주 가서 걱정이 이만저만이 아니에요.

만수국은 혼자말로 중얼거렸다. 멀쩡했었는데 왜 죽으려고 한 거지? 옆집 노점 주인이 망설임 없이 말했다. 귀신이 씐 거지요. 안 그러면 그런 여자가 죽으려고 할 리가 없지. 여기에는 귀신이 많아요. 언니도 정신줄을 놨다가는 귀신들한테 몸을 뺏기고 말거예요. '몸을 뺏긴다'는 게 뭔 줄 알아요? 만수국은 여전히 멍한 얼굴로 중얼거렸다. 멀쩡히 잘 살고 있었는데 왜 죽으려고 한 거지?

노점 주인이 아내를 불러와 대로 쪽에서 다가오자 옆집 노점 주인이 내밀었던 고개를 집어넣으며 작은 소리로 말했다. 정말 나도 모르겠어요. 돈도 있고 지위도 있는 여자가 왜 죽으려고 했는지 나도 생각 중이라니까요. 생긴 것처럼 영리한 게 아니라 바보였던 거지요. 말을 마치고 나자 그는 생각나는 대로 큰 소리로 외치기 시작했다. 자, 자, 이리 좀 와 보세요! 살아있는 닭과 오리, 그리고 활어도 있습니다! 번데기, 개미, 메뚜기도 있어요! 먹으면 힘이 솟아요! 밤새 끄떡없습니다!

노점 주인의 아내는 파마머리에 입술에는 립스틱을 바르고 남색 무늬 바지에 슬리퍼를 신고 있었다. 그리고 길을 걸을 때 몸이 뒤쪽으로 기울어져 축 늘어진 젖가슴 두 개가 앞을 향한 채 눈에 띄게 좌우로 흔들거렸다. 그녀는 마작을 하다 남편한테 끌려와 골이 몹시 난 듯, 뚱한 얼굴로 입을 삐죽댔다. 그러다 곁눈질로 만수국을 위아래로 훑어보고는 그녀가 촌스러운 데다 위축된 모습을 하고 있자 그제야 화가 좀 가라앉는 모양이었다.

갑시다! 노점 주인의 아내는 발걸음을 옮기며 물었다. 당신이 진짜 팡의 친정 식구예요? 만수국이 그녀의 뒤를 따르며 대답했다. 그렇다고 할 수 있지요. 노점 주인의 아내가 다시 물었다. 말하는 거 싫어해요? 만수국이 다시 네 하고 한 마디로 대답하자 그녀가 만수국을 한 번 노려보고는 비웃듯 말했다. 우리 집 남자가 그러는데 여기서 일하고 싶다고 했다면서요? 지금 그런 모습으로는 힘들 거예요. 근데 뭘 믿고 그런 말을 했을까? 당신이 나보다 낫다는 얘기는 하지 말아요. 팡 같은 여자도 결국에는 사고가 터졌잖아요?

그녀가 멈춰 서서 담배 한 대를 피기 시작했다. 산길 위에 떠 있는 밝은 달이 여자 둘을 비추었다. 석판길 위에 비친 두 여자의 자그마한 그림자는 걸음을 살짝 옮기자 이리저리 너울거렸다. 길은 축축했고 갑자기 길게 이어진 구름 같은 안개가 바람에 실려 길 위로 내려앉았다. 아, 안개여! 샘물이여! 안개 속에서 샘물을 찾는 꽃이여!

만수국이 물었다. 팡은 도대체 무엇 때문에 죽으려 한 거죠? 노점 주인의 아내가 담배 한 개비를 꺼내 만수국에게 건네며 말했다. 왜냐고요? 나도 방금 마작 테이블에서 그걸 생각하고 있었어요. 내 생각에는 남자 때문이 아닐까…… 그런 추측이 드는데, 아마 비슷하지 않을까 싶어요. 생각해봐요, 여자가 그것 말고 답답하게 굴 일이 뭐가 있겠어요? 특히나 그런 여자는 더하지. 만수국이 담배를 받아서 피기 시작했다. 노점 주인의 아내가 잠시 웃더니 말했다. 나도 팡과 아는 사이예요. 실은 나도 예전에 바깥세상에서 날아온 꿩이었거든요. 이곳에 오고 나서 남자를 홀리는 방법을 배웠어요. 근데 나는 머리가 딸리고 팡처럼 뛰어나질 못했지요. 그래서 할 수 없이 배운 재주로 남편을 하나 골라잡아 바로 팔자를 고쳤죠. 온천에서 일을 하고 싶어도, 아니 내가 찬물을 끼얹으려는 게 아니라, 당신은 그런 재주가 없을 것 같다는 얘기예요. 엄청난 운이 따라준다면 모를까.

노점 주인의 아내가 이어서 운에 관한 이야기를 하나 해주었

다. 산 바깥에 가난뱅이 하나가 살았는데 마흔이 되도록 아내를
얻지 못할 만큼 가난했답니다. 그런데 이 양반이 배짱은 두둑해
서 늘 여기저기서 운을 시험하곤 했대요. 그러던 어느 날 산에서
약초를 찾다가 뜻밖에도 호랑이 한 마리를 만난 거예요. 남들은
호랑이를 만나면 멀리 도망가려고 하는데 그 사람은 무슨 생각
인지 그 호랑이를 멀리까지 따라갔대요. 결론은 호랑이가 그 사
람을 온천으로 데려다주었다는 거예요.

만수국이 웃으며 물었다. 그 다음에는요?

그 다음에는 어떻게 됐냐고요? 노점 주인의 아내가 꽁초를 내
던지고는 앞으로 걸어가며 말했다. 그리고 그 사람은 떼돈을 벌
었지요. 전용 비행기도 있다고 하더군요. 그 사람과 비교하면 우
리야 땅바닥에 있는 개미지. 아니, 개미만도 못해요.

만수국은 가슴이 아팠다. 어젯밤 남편과 함께 집 서쪽까지 걸
어갔던 일이 떠올랐기 때문이다. 그때 그녀는 태양의 날카로운
빛이 칼처럼 산골짜기에서 국화 밭으로 툭 하고 떨어지는 것을
보고 지금처럼 가슴이 아파 눈물을 흘렸었다.

이번에 만수국은 눈물을 흘리지 않았다. 그녀는 지켜왔던 국
화 밭을 떠나 또 다른 세상을 보았다. 그 세상은 기이하고 다채
로우며 낭만적이고 변화무쌍했지만 그녀는 오히려 즐길 수가 없
었고, 이번 생애에서 얼마나 많은 것을 바꿔야만 그 세상과 융화
될 수 있을지도 알 수 없었다. 지척에 있는 온천이 그녀에게는 너

무나 멀게 느껴졌다.

이런 생각을 하자니 갑자기 마음이 초조해지기 시작했다.

그녀는 고개를 들어 맑은 하늘을 바라보았다. 오늘 밤은 달이 너무나 둥글었다! 달빛이 옷을 입은 것처럼 포근하게 느껴졌다. 그녀는 문득 달빛 아래에서 한 남자가 자신을 기다리고 있지 않을까 하는 생각이 들었다. 굽은 길 앞, 저 숲속에서. 그는 그녀에게 눈으로 볼 수 있고 손으로 만질 수 있는 행복을 줄 남자였다. 새로 만난 세상은 인색하고 거칠며 닿을 수도, 헤아릴 수도 없을 만큼 멀기에 그녀는 눈앞에 있는 행운을 포기할 이유가 없었다.

만수국은 조용히 한숨을 내쉬고는 팔짱을 끼고서 한 모금씩 길게 담배를 피기 시작했다. 담배 질이 나빠서인지 이상한 맛이 났다. 하지만 이런 달빛 아래에서는 어떤 담배를 피우는지가 중요한 게 아니라 무엇을 생각하느냐가 중요했다. 노점 주인의 아내가 돌아보며 비아냥거리는 말투로 물었다. 저기, 안 가고 뭐해요? 하늘에서 뭘 보고 싶은 거예요? 달 속에 뭐라도 있나요? 산더미처럼 쌓인 돈이라도 있어요? 만수국이 말했다. 달 속에 온천이 있네요. 못 믿겠으면 직접 한번 봐요.

노점 주인의 아내가 고개를 들어 자세히 쳐다보니 정말 만수국이 말한 것처럼 달 속에 물이 출렁거리고 있는 것 같았다. 저게 온천이 아니면 뭐겠어요? 저 온천 정말 높이 있네! 여자들이 몸 팔러 올라갈 수도 없고 남자들도 즐기러 갈 수가 없겠네. 달은 등불처럼 맑고 순수하게 몇 천 년을 하루같이 속세를 비추고 있었다.

안개가 자욱이 밀려와 두 여자를 덮쳤다. 안개 방울이 가랑비처럼 흩뿌리듯 쏟아졌다.

짙은 안개가 서서히 걷히자 산길 위에 한 여자의 모습이 드러났다. 노점 주인의 아내였다. 그녀는 가는 물방울을 뒤집어쓴 채 당황한 듯 허둥대며 주위를 두리번거렸지만 만수국의 모습은 보이지 않았다. 그녀는 에잇! 하고 소리를 지른 후에 속으로 중얼거렸다. 에잇, 이게 뭐야? 그 여자 이름도 모르는데 말이야. 그녀는 만수국이 조금 전에 짙은 안개 속에서 뭐라고 했던 것이 어렴풋이 기억났지만 신경 쓰고 들질 않아서 정확히 기억나지는 않았다. 그녀는 다시 한 번 주위를 둘러보며 욕을 몇 마디 하고는 콧물을 훔쳤다. 그리고 아무렇지도 않은 듯 집 쪽으로 발길을 돌렸다.

만수국은 짙은 안개가 덮쳐오는 순간, 길가에서 맞은편으로 이어진 길고 좁은 오래된 나무다리를 보았다. 그녀는 노점주인의 아내에게 병원에 안 갈래요 라고 이야기했다. 하지만 갑자기 안 가려는 이유에 대해서는 말하지 않았고 노점 주인의 아내도 그녀의 말을 듣지 못했기에 묻지 않았다.

그녀는 안개 속에서 강을 건넜다. 맞은편 기슭도 외길이었고 어두컴컴하고 축축했다. 길을 걸으며 맞은편의 흥청거리는 밤풍경을 바라보자니 마치 딴 세상에 온 듯 이질감이 느껴졌다.

걷다보니 조금 전 들어올 때 지나왔던 그 길에 다다랐다. 팡이 뛰어내린 큰 석교는 맞은편 기슭의 등불 때문에 더 크고 위풍당당해 보였다. 사람의 피가 묻었던 탓인지 으스스하게 느껴졌다. 만수국은 이 다리를 더 이상 건널 필요가 없다는 사실에 안도했다.

어둠 속에서 길게 이어진 굽은 길을 걸어 숲을 지나니 먀오산린과 헤어졌던 곳이 나타났다. 그녀가 걸음을 멈추고 저기요 하고 조용한 목소리로 부르자 외팔이 먀오산린이 모습을 드러냈다. 그는 큰 나무 아래에서 자고 있었다. 풀을 뜯어 땅 위에 골고루 깔아 놓고 있었다. 옆은 큰 바위가 가려주고 있었다. 이런 곳이라면 큰 바위로 가리지 않아도 남이 볼까 걱정할 필요가 없을 듯했다. 그곳은 그가 오늘밤을 위해 만든 보금자리였다. 만수국과 함께 잠을 청할 곳이었기에 그는 감개무량해하며 정성스럽게 다시 외투를 벗어 풀 위에 깔았다. 만수국은 속으로 외투에서 나는 냄새가 남편의 것과 조금 다르다는 생각이 들었다.

그들은 햇빛이 숲속을 비추고 얼굴에 닿을 때까지 잠을 잤다. 친근하면서도 색다른 아침이었다. 모든 것이 매우 순조로웠다. 먀오산린이 말했던 것처럼 그는 만수국을 얻었고 그녀는 그의 돈 전부를 가졌다. 이제 그는 빈손이 되어 다른 길로 생계를 꾸리기 위해 떠났고, 만수국은 왔던 길을 따라 집으로 돌아가야 했다.

두 사람은 각자 짐을 챙겼다. 마지막 작별 인사를 하려는 순간, 만수국이 그녀의 짐 안에서 말린 국화꽃을 꺼내 먀오산린에게 선물로 주었다. 그녀는 자신의 몸에 이 선물을 더하면 먀오산 린의 돈과 얼추 비슷해지지 않을까 하는 생각을 했다.

해가 떠오르자 온 산과 들이 햇빛으로 물들었다. 한 사람은 동쪽으로, 한 사람은 서쪽으로 길을 떠났다. 촉촉한 태양을 바라보는 먀오산린의 얼굴은 평화롭고 행복해 보였다. 어젯밤 그의 하늘은 온통 사랑의 불빛으로 반짝거렸다. 그의 메마른 삶이 순식간에 충분한 수분과 안정감, 그리고 포만감을 가득 빨아들였다. 이제 그는 더 이상 분노가 치밀어 오를까 두려워할 필요가 없었다.

만수국은 서쪽으로 걸어갔다. 낯선 남자의 사랑을 짊어진 듯 햇볕이 무수한 화살처럼 뜨겁게 만수국의 등을 내리쬐었다. 그녀는 보따리를 어깨에서 풀어 가슴 앞쪽으로 가져다가 두 손으로 꼭 감싸 안았다. 그녀의 입가에 만족스런 표정이 피어올랐다. 그녀는 고개를 돌려 먀오산린을 쳐다보지 않았다. 저 낯선 남자는 스쳐지나가는 바람이었고 그 바람은 그녀에게 행복의 기회를 가져다주었다. 그녀는 남편의 찬란한 미소를 보는 것 같았고 예전의 아름다웠던 삶이 다시 펼쳐질 것만 같았다.

그녀는 어서 빨리 집으로 돌아가고 싶은 마음에 걸음을 재촉했다. 두 손으로 보따리를 감싸 안고 있어 멀리서 보면 그녀는 팔이 없는 사람처럼 보였다.

폭설이
흩날리다

왕쭈

王族

1. 상태 : 감상

눈이 순식간에 엄청난 기세로 내리더니 나무 위, 땅 위, 바위 위로 층층이 내려앉았다. 나무는 건장해졌고 대지는 완전히 자취를 감추었다. 단단했던 바위도 예전의 모습을 잃고 희미한 형태만 남았다. 마을 한가운데의 개울도 예전의 소란함을 잃고 얼음 아래서 조용히 흘렀다.

눈은 대지의 모습을 바꾸고 소리를 잃게 했다. 이번 눈은 오래전부터 기다리다 결국 하룻밤 사이에 온 대지를 점령할 기회를 얻은 것 같았다. 눈의 점령 능력은 실로 대단해서, 약간의 빈틈도 없이 대지를 자신의 세계로 바꾸어놓았다. 반면 대지는 폭설에 뒤덮이길 바라는 것처럼 새하얀 꿈속에서 태연히 깊은 잠에 빠졌다. 이렇게 생각하다 갑자기 내가 살고 있는 이 오두막집이 끝없는 폭설에 아득히 멀어지는 것 같은 기분이 들었다.

정오가 되자 바람이 불기 시작했다. 흩날리던 폭설이 바람에 날려 비설飛雪이 되었다. 비설은 폭설의 격렬한 운동이었다. 어쩌면 눈은 곧 땅에 떨어질 것을 알고 아직 온몸에 힘이 남아 있을 때 강한 바람의 힘을 빌려 공중으로 한 번 내달려본 것일지도 몰랐다. 비설은 허공에서도 밀집되어 있어 마치 바다 속을 유영하는 물고기 떼 같았다.

이때 주인을 알 수 없는 말 한 마리가 달려 나와 비설을 보고 질주하기 시작했다. 아주 빨리 달리는 것이 한눈에 좋은 말임을 알 수 있었다. 말은 대가리를 높이 치켜들고 있었다. 마치 공중의 어떤 비설을 겨냥한 듯 그것을 쫓아가 잡으려 했다. 하지만 오래지 않아 자신의 추격이 헛수고임을 깨달았다. 비설이 마을 서쪽 머리에 있는 작은 산 위로 날아갈 때는 힘 하나 들이지 않고 날아갔지만, 말은 산 위에서 훌쩍 뛰어 넘어갈 수가 없었다. 말은 어쩔 수 없이 멈춰 서서 고개를 떨군 채 되돌아갔다.

오후가 되자 눈이 많이 잦아들었다. 하늘도 한층 평온해졌다. 천지가 뿌연 눈안개 속에 잠겼다. 그제야 대지의 수많은 경물들이 그 자태를 드러냈다. 벌써 새롭게 단장을 마치고 조용히 서 있는 나무는 깨달음을 얻은 듯했고, 산은 그대로 앉아서 다시는 일어날 생각이 없는 듯했다. 눈 덮인 산을 들여다보니 그 앉은 자태 때문에 선의禪意가 가득했다.

이렇게 큰 눈 속에 나무처럼 선 채로, 산처럼 앉은 채로 눈에 덮여서 또 다른 내가 되고 싶었다. 그러고는 무언의 사물들 한가운데서 눈을 맞으며 내 마음을 드러낸 다음 완전히 파묻히고 싶었다. 또 그 다음에는? 눈이 멈추고 나면 온화하고 여유로워질 것이다. 대자연의 만물은 침묵 속에서 마음을 드러내지만 인간은 길을 가려하고, 말을 하려 하기에 마음은 깊은 곳에 고이 모셔두고 고집스럽고 냉혹하게 행동해야만 한다.

이 눈처럼 깊은 탐닉 속 자기가 자기를 한 층 한 층 덮는 것이다.

2. 목격 : 눈사태

마을에서 고개를 들면 설산 위를 비추는 햇빛이 작은 칼처럼 어른어른 움직이는 것을 볼 수 있다. 집중해서 자세히 보면 설산은 여전히 차갑고 단단했지만, 햇빛이 반사되면서 설산에 희미한 움직임을 불어넣었다. 하지만 눈이 내릴 때는 대개 고요했다! 내리는 눈이 겹겹이 쌓이면서 산맥을 비대하게 만들었다. 하지만 매일 아침 해가 떠오를 때면, 그 곧고 날카로운 햇빛은 예의 활기찬 젊은이처럼 쌓인 눈 위를 맹렬히 파고들었다. 어쩌면 힘을 너무 써서 눈 속으로 파고든 다음 약간 후회를 했을지도 모른다. 이렇게 높은 곳에 한데 쌓여 있는 눈은 확실히 너무도 추울 것이다. 하지만 때는 이미 늦어서, 햇빛은 쌓인 눈에 의해 파고들어간 부분이 빨려 들어가고 굳어져서 다시는 나오지 못하게 된다. 바깥으로 드러난 절반의 목격 속 절반의 조우가 황급히 떠나려 했지만 유감스럽게도 한 몸으로 태어났기에 다시는 벗어날 수 없었다. 그래서 사람들은 쌓인 눈 위로 햇빛이 어른어른 움직이면서 벗어나려 하지만 번번이 실패하는 것 같은 모습을 보게 된다. 쌓인 눈은 그제야 자신을 향해 열정적으로 맹렬하게 파고든 이 햇빛이 사실은 가짜였음을 깨닫는다. 화가 난 눈은 깊은 곳에서 아주 오래전 차가운 얼음이 배태했던 냉기를 끌어내 자신의 내부로 파고든 햇빛을 더욱 단단히 얼려버린다.

이상의 정경이 설산을 바라볼 때 내 머릿속에 떠오른 엉뚱한 생각이다. 나는 서른이 넘은 남자지만 나도 모르게 머릿속으로 자주 이런 환상들을 떠올린다. 나는 혼자 있는 것이 좋다. 혼자 있을 때 머릿속에 이런 것들이 떠오르면 많은 사람과 함께 있는 것보다 더 재미있다. 며칠 전, 나는 어룽嗯桑이 수소가 암소 위에 올라타는 것을 보고 고개를 돌리는 걸 발견했다. 나는 어린 녀석 몇 명을 시켜 그 소 두 마리를 그의 눈앞에 얼른 갖다 놓았다. 「채찍을 휘두르다」라는 글에서도 쓴 적 있지만 어룽의 마누라는 다른 양 방목꾼이 채갔다. 그 후로 어룽은 여자에게 다가가려는 마음을 접은 듯했다. 나는 그에게 그렇게 마음에 담아둘 필요가 뭐 있어, 여자야 또 얻으면 그만이지 하고 말해주고 싶었다.

마을 사람들은 겨울이 되면 매일 양고기를 먹었다. 만약 남성 호르몬이 활성화돼서 그가 갑자기 여자를 그리워하게 된다면, 그리고 한 번 그리워하기 시작하자 더는 자신을 통제할 수 없게 된다면 어떻게 해야 할까? 이런 깊은 산 중에 살아있는 교재로 삼을 만한 것도 없으니 그저 서로 뒤엉켜있는 소 두 마리를 보게 하는 수밖에 없었다. 그는 한참을 바라보고 또 바라봤다. 그의 얼굴에 탐닉하여 넋이 나간 표정이 나타났다. 때가 무르익었다. 나는 그의 곁으로 가 일러주었다. 마을에 자네한테 관심 있는 여자들이 꽤 있다고! 그가 반사적으로 물었다. 누구? 나는 그에게 여자들의 이름을 하나하나 일러주었다. 그는 미심쩍어하면서도 기쁨을 감추지 못했다. 그와 헤어져 돌아오는 길에 나는 혼잣말을 중얼거리며 걸었다. 아마 어룽 때문에 기뻐서 그랬을 것이다. 쒀룬거素倫格가 맞은편에서 걸어오는 것도 알아채지 못했다. 그가 나를 툭 쳤다. 무슨 사람이 혼잣말을 그렇게 해? 나는 깜짝 놀랐다. 갑자기 스스로를 인식하게 된 것 같았다. 나는 왜 혼잣말을 했을까?

자기가 자기에게 말을 한다. 나는 마음속 생각이 너무 강렬해서 입으로 말하면 마음속 생각이 닿고 싶었던 풍경에 정말로 닿은 듯한 느낌이 들어서 그런 것은 아닐까 하는 생각이 들었다.

누구든지 정상인이기만 하다면, 그가 혼잣말을 억누르지 못할 때 그의 마음속 갈망은 강렬하고 순수한 것이어서 그에겐 이야기를 하는 것이 아주 좋은 과정처럼 느껴지게 된다. 그는 그러한 과정에서 행복을 느낀다. 다만 이 모든 것이 나 혼자만의 생각이라 어쩌면 나만이 그 기분을 알 수 있는 건지도 모른다.

몇 시간 동안 멍하니 설산을 바라봤더니 목이 조금 뻐근했다. 막 자리를 뜨려는데 설산에서 한 가지 일이 일어났다. 그동안 설산을 수없이 봐왔지만 이번에는 전혀 예상치 못한 일이 벌어졌다. 그래서 특별히 이번 눈을 적어둬야만 했다. 처음에는 어두운 빛줄기가 산허리에서 번쩍하더니 눈 깜짝할 사이에 없어진 것 같았다. 하지만 이내 산꼭대기의 눈이 뭔가에 의해 등이 떠밀린 것처럼 갑자기 틈이 벌어지더니 눈뭉치들이 아래로 구르기 시작했다. 눈뭉치들은 구르면 구를수록 점점 더 커지더니 이내 눈덩이가 되었다. 눈덩이 가운데 어떤 것은 수직으로 떨어졌고, 어떤 것은 산비탈에 있던 무언가에 부딪혀 튀어 올라 공중으로 비스듬히 날아갔다. 눈덩이들은 부딪힌 그 순간 중력의 영향을 받아 공중으로 내던져진 뒤 산산이 부서졌고, 공중에는 작은 눈덩이가 가득 찼다.

조용히 빛나던 설산이 눈사태로 인해 갑자기 생동감을 얻었다. 아래로 향하는 눈덩이가 계속해서 사방의 눈을 끌어 모으는 바람에 눈덩이는 크기가 점점 커졌고 구르는 속도도 점점 빨라졌다. 이내 모든 눈덩이가 한데 뭉쳐져 마치 커다란 손 하나가 높은 곳에서 아래로 쏟아내리는 것 같았다.

눈사태가 일어나려 한다! 마을은 그제야 반응을 보였다. 사람들은 모두 뛰어나와 설산 위를 지나간 커다란 손을 보고 놀라 넋을 잃었다. 아주 오랫동안 이런 일이 없었던 모양이다. 아주 많은 사람이 태어나서 지금까지 이런 일을 본 적이 없는 것 같았다. 눈은 평소에 그저 한 번씩 또 한 번씩 내리는 것이었다. 사람들은 눈에 대해 심드렁했고 눈과 관련된 일을 입에 올리지 않았다. 사람들은 그저 첫눈이 오면 겨울이 온 줄 알았고, 마지막 눈이 녹아 없어지면 겨울이 간 줄 알았다. 게다가 겨울에 눈은 춥고 차가운 역할을 맡고 있었기 때문에 사람들은 겨울을 대하듯 줄곧 냉담하게 눈을 대했다. 지금 눈이 아래로 미친 듯이 내달리고 있었다. 눈덩이들은 갑자기 커다란 무리라도 이룬 듯, 마음속으로 같은 호각 소리에 호응하며 산 아래로 향하고 있었다. 이 순간 산비탈은 눈덩이들에게 지리적으로 아주 유리한 전장이었다. 저 비탈들은 마치 오랫동안 기다린 준마처럼 눈덩이들이 솟아오르는 순간, 등에 실어 공중으로 떠오르게 했다.

산 위의 큰 손이 점차 아름다운 느낌을 드러내기 시작했다. 손이 아래로 움직이고 난 뒤, 설산에는 마치 칼로 그어놓은 것 같은 깊은 흔적이 남았다. 까마귀 몇 마리가 깜짝 놀라 허겁지겁 산 정상으로 날아가더니 이내 사라졌다. 어쩌면 까마귀들은 그 흔적을 보고 떨어져서 목숨을 잃게 될까 무척 두려웠을지도 모른다. 까마귀들이 산 정상으로 날아간 뒤 갑자기 커다란 소리가 났다. 아래로 미끄러져 내리던 눈덩이가 산비탈에 있던 눈과 부딪혀 공중으로 날아올랐다가 산 아래로 향하고 있었다. 이것이야말로 진정한 눈사태였다. 순식간에 뭉게뭉게 눈안개가 자욱했다. 아래로 떨어지는 눈은 마치 머리가 큰 괴물 같았고, 뒤쪽의 눈안개는 괴물의 기다란 꼬리 같았다. 이내 그 괴물은 산비탈 위에서 아래로 돌진하더니 마을 뒤에 있는 소나무 숲으로 파고들었다. 갑자기 소나무 숲이 들썩이더니 일제히 한 방향으로 흔들렸다. 소나무 위에 내렸던 눈이 전부 떨어지자 소나무 가지가 다시 모습을 드러냈다.

사방이 또다시 조용해졌다.

눈사태라는 이 괴물은 갓 태어난 탓에 길도 모르고 생각도 없어서 눈앞의 소나무를 보자마자 들이받는 것밖에 생각하지 못한 것 같았다. 결국 스스로 산산이 부서져 바닥에 흩어져서는 영원히 부활하지 못하게 되었다.

한 차례 영혼을 뒤흔드는 눈의 미친 듯한 질주였다! 마치 죽고 사는 것에 개의치 않고 그저 즐겁게 살길 바라며, 일단 즐겁게 살았다면 죽는 것도 통쾌하게 죽는 그런 사람 같았다.

나는 눈사태가 일어난 그 순간의 광경에 흠뻑 취했다. 머리가 큰 괴물의 질주는 한 인간의 필사적인 싸움과 얼마나 닮았던가. 그것은 열정의 극치이자 생명의 고양이었다. 그 순간, 마음의 결단으로 인하여 눈사태의 몸은 단호한 아름다움으로 변했다. 삶과 죽음이 교차하는 순간, 그 아름다움은 또 다른 자신이 되었다. 현실 속의 자신은 조금의 망설임도 없이 죽음을 향해 걸어가 그것을 완성했고, 또 다른 자신은 아름다움으로 들어가 천지와 공존했다.

사람도 그럴 수 있다면 얼마나 좋을까!

눈사태가 있고 난 오후, 나는 그제야 마을의 소와 양들이 아무런 반응도 보이지 않는 것을 발견했다. 나는 소와 양들이 그럴 수 있다는 것이 그다지 믿어지지 않았다. 바이하바白哈巴 마을에 오랫동안 머물면서 나는 소와 양들이 사람보다 더 기묘하고 이상하다는 것을 알게 되었다. 계곡을 건너는 영양의 이야기를 들은 적이 있었다. 어미 영양이 새끼 영양을 데리고 계곡까지 왔는데 뛰어넘어갈 수가 없어서 안달이 났다. 잠시 후, 어미 영양과 새끼 영양이 함께 계곡 반대편으로 뛰었다. 중간쯤 이르렀을 때 새끼 영양이 어미 영양의 등을 네 발로 딛고 다시 도약했다. 새끼 영양이 건너편 산비탈에 발을 내딛었을 때 계곡 아래에서 어미 영양의 울부짖는 소리가 들려왔다.

양들은 어떻게 이처럼 아무 생각이 없을 수 있을까? 어떻게 이처럼 눈사태에 무관심할 수 있을까? 나는 우리로 다가가 양들을 자세히 살펴보았다. 순간 나는 사실 양들이 조금 전 눈사태를 느꼈거나 목격했다는 것을 깨달았다. 하지만 양들의 눈은 무관심으로 가득 차 있었다. 눈사태는 수많은 눈덩이를 소나무 숲 깊은 곳까지 달려가게 했고 일부는 양 우리 근처까지 굴러왔다. 하지만 양들은 하나같이 이 흉악한 물건이 자신들과는 아무런 상관도 없다는 듯 무관심하기만 했다. 눈사태가 조금만 더 사나웠더라면 양 우리를 덮치는 것은 물론, 마을까지 밀고 들어왔을 것이다. 하지만 양들은 이에 대해 아무런 표정도 짓지 않았다. 눈사태 따위는 무시하겠다는 것 같았다.

만약 이 양들을 폭풍 한가운데 놓아두고 폭풍에게 이들을 집어삼키게 하거나 양들을 계속 폭풍과 뒤엉켜 때로는 격앙되고 때로는 울적하게 한다 해도 이들은 여전히 같은 표정일지도 모른다는 생각이 들었다. 양의 무관심은 일종의 감내이자 거절이었다.

오후에 거얼린格爾林은 자신의 양 우리를 열어 양들이 마을 중앙의 개울로 가서 물을 마시게 했다. 모든 양이 너무 목이 말라 서둘러 냇가로 뛰어갔는데, 노는 데 정신이 팔려 있던 새끼 양 한 마리가 머리를 돌려 눈사태로 굴러온 눈덩이를 향해 뛰어 갔다. 새끼 양은 눈을 핥기도 하고 뛰어올라갔다 내려오기도 하면서 신나게 놀았다. 물을 다 마신 양이 고개를 돌려 그 새끼 양을 보았다. 공허한 눈빛에 오래도록 반응이 없었다. 철없는 새끼 양 한 마리만이 이번 눈사태가 재미있다고 느끼고 있었다. 그 어린 양은 사실은 눈사태가 아주 가까이에 있는 재난이라고 생각지 못했을 것이다. 만약 소나무가 막아주지 않았다면 양들은 목숨을 잃었을 것이다.

새끼 양은 실컷 놀고 나서 우리로 돌아갔다. 녀석은 무슨 일이 있었냐는 듯 어른 양들의 반응을 알아채지 못했다. 심지어 녀석은 무척 즐거워했다. 눈빛이 차분한 저 어른 양들과 함께 있는 것이 어쩌면 녀석을 답답하게 했는지도 모르겠다. 어쨌든 일이 벌어지기만 하면 그게 좋은 일이든 나쁜 일이든 녀석을 기쁘게 할 것이다.

행복하고 자유로운 어린 양의 눈에 세상은 마치 아무 일도 일어나지 않을 것처럼 보였다.

며칠이 지났고 지금 나는 이 눈사태와 어른 양의 무관심, 어린 양의 기쁨에 대해 쓰고 있다. 나는 이미 변해버린 것 같았다. 아주 잠깐 나는 눈사태가 났을 때 맹렬히 질주하던 괴물이 되어 죽음의 순간에 생명의 가장 큰 기쁨에 이르렀다. 그러다 또 아주 잠깐 재난 앞에서 무관심을 보이는 양이 되었다. 현실 생활 속에서 우리 모두 그랬다! 그리고 또 아주 잠깐 나는 행복과 자유 속에서 모든 것을 잊은 어린 양이 되었다.

재미있지 않은가. 이 작은 마을에서 내가 본 것은 경험한 것보다 많았고, 경험한 것보다 더 깊이가 있었다. 시시각각 나를 매혹시켰고, 정신을 차리는 그 순간에는 더 냉정해지게 했다. 나의 이 펜조차도 매 순간 구제를 받았다.

3. 사건 : 죽음의 뒤편

한 사람이 죽었다. 대지 위에 그를 기다리는 곳이 하나 있었다. 그는 누워 묻혔고, 햇빛은 여전히 그곳을 비추었다. 눈꽃도 한 겹 한 겹 떨어졌다. 그는 어느 때보다 평온히 잠들어 이제는 어떤 소리도 내지 않을 것이다.

볘리쓰한別里思汗이 폭설 속에 죽었다.

볘리쓰한은 말을 타고 마을 뒤편 숲으로 가서 토끼를 잡기 위해 덫을 놓았다. 날이 너무 추워서인지 돌아올 때 그는 얼어붙은 콧물을 입술 위에 잔뜩 매달고 있었다. 며칠 전 내린 폭설이 기온을 뚝 떨어뜨렸다. 사람들은 외출을 거의 하지 않아 뒤린多林이 양 세 마리를 죽인 일조차 알지 못했다. 마을 사람들은 이런 날씨가 되면 모든 것을 간소화했기 때문에 마을은 텅 빈 것처럼 보였다. 간혹 누군가 문을 열고 나온다 해도 양 우리나 마구간 옆으로 재빨리 달려가 나무 갈퀴로 여물을 들어 휙 던져주는 것이 전부였다. 말과 양은 머리를 내밀고 소리 없이 여물을 먹었다. 차가운 공기 속에 아무런 소리도 나지 않았다. 조금 뒤면 몇몇 집의 지붕에서 밥 짓는 연기가 피어오를 것이다. 사람들은 집 안에서 나이차奶茶를 끓여 마시며 누구도 바깥출입을 하지 않을 것이다. 어느 해인가 나이 지긋한 노인이 집에서 나이차를 마셨다. 딱히 할 일이 없어서 그랬겠지만 차를 너무 많이 마셨다고 한다. 그래서 밖으로 나가 소변을 보는데 차가운 공기에 오줌이 순식간에 얼어 고드름이 되는 바람에 도무지 수습을 할 수 없었다고 한다. 쉬룬거가 이 이야기를 해주었을 때 나는 소리 내어 웃지 않을 수 없었다. 나는 그의 모습을 상상했다. 어느 여자가 그 꼴을 봤더라면 참 재미있었을 것이다!

베리쓰한은 원래 이렇게 추운 날에는 밖에 나가지 않았다. 하지만 오늘 아침 그의 마누라가 한 말 몇 마디 때문에 화가 나서 그는 덫을 들고 밖으로 나갔다. 아침에 그가 어룽과 몇몇이 함께 어울려 술을 마시러 나가려 했는데 그의 마누라가 가지 못하게 했다. 화가 난 그가 말했다.

"술 마시러 안 가면 집에서 뭘 하란 말이야? 매일 네 몸 위에서 말을 타도 그놈의 배는 몇 년째 초원처럼 평평하기만 하잖아!"

베리쓰한은 자기 마누라와의 밤일을 '말 타기'라고 불렀다. 그의 마누라도 그 말을 듣자마자 화가 나서 받아쳤다.

"지가 못나서 그런 걸 내 탓을 하고 있네. 못 믿겠으면 어룽한테 한 번 올라타보라고 해. 한 번만 해도 어떤 게 진실인지 밝혀질걸!"

베리쓰한은 마음이 약간 허전한 것 같았지만 입에서는 거친 소리가 나왔다.

"지랄하네! 어룽이 오랫동안 말 타기를 안했으니 그놈이랑 하고 싶은 게지? 딴 놈이 제 마누라를 채간 뒤로 어룽은 다시는 말

타기를 안 하겠다고 맹세했어, 알아?"

두 사람은 다퉜다. 말다툼이 길어지자 시시하다는 생각이 들었다. 베리쓰한이 손에 잡히는 대로 덫을 들고 문을 나서자 그의 마누라가 뒤에서 또 욕을 해대기 시작했다.

"맨날 토끼만 처먹다 토끼가 된 주제에 무슨 수로 말을 타!"

베리쓰한이 못들은 척하자 뒤에서 또 욕이 날아왔다.

"가, 가버려. 네놈이 나가자마자 딴 놈 찾아서 태울 테니까!"

베리쓰한이 계속해서 무시하자 그녀는 더욱 화가 나 저주를 퍼부었다.

"가버려. 산에 가서 자빠져 죽어. 얼어 죽어버려!"

그녀는 자신의 저주가 그렇게 딱 맞아떨어질 거라고는 생각지 못했다. 베리쓰한은 산에 덫을 다 놓은 다음 말을 타고 내려왔다. 날이 너무 추워서 그는 빨리 집으로 돌아가 따끈한 나이차 한 사발을 마시고 싶었다. 돌아가면 마누라가 계속해서 자신에게 욕을 하리라는 것을, 따끈한 차가 자신을 기다리고 있지 않으리란 것을 잘 알고 있었지만 어찌 됐든 집이니 돌아가야 했다. 그리고 마누라의 배가 초원 같이 평평할지라도 계속해서 탈 수밖에 없다는 것 또한 알고 있었다. 계속하다보면 언젠가는 성공할지 누가 알겠는가. 이런 생각을 하며 그는 말을 때려 빨리 달리라고 재촉했다. 눈이 너무 두껍게 쌓여 말이 약간 주저하는 것 같았지만 결국 주인의 성화를 이기지 못하고 속력을 내기 시작했다. 한참

달리다 삐리쓰한은 몸이 휘청하더니 아래로 곤두박질칠 것 같다는 느낌이 들었다. 산비탈에 구덩이가 있었고, 말이 그곳을 헛디디고 나서 삐끗하면서 균형을 잃은 것이었다. 삐리쓰한은 놀라 비명을 질렀고, 말은 또 한 번 힘껏 뛰어올랐다. 하지만 말이 힘을 너무 쓰는 바람에 삐리쓰한은 나가떨어졌고, 바위에 머리를 부딪쳐 이내 아무것도 알지 못하게 되었다. 말은 또 한 번 놀라 날카로운 울음소리를 내며 마을로 달렸다.

삐리쓰한은 눈밭에 누워 다시는 일어나지 못했다. 그리고 다시 깨어나지도 못했다.

오후에 어떤 사람이 자신이 처놓은 덫을 거두러 뒷산에 올라갔다가 삐리쓰한을 발견했다. 그의 몸은 이미 얼어 딱딱하게 굳어 있었고, 흘러나온 피가 얼굴 위에 굳어서 시커먼 껍질이 되어 있었다. 그 사람은 삐리쓰한을 말 등에 실어 마을로 내려왔다. 삐리쓰한의 마누라는 뻣뻣하게 굳은 삐리쓰한을 보자마자 대성통곡을 하며 바닥에 주저앉았다. 사람들은 삐리쓰한의 시신을 에워싸고 구경했다. 이렇게 큰일이 발생하자 사람들은 더 이상 추위에 신경 쓸 틈이 없었다. 삐리쓰한의 어머니는 아들의 몸 위에 엎드려 울었다. 울고 또 울다가 갑자기 삐리쓰한의 마누라에게 달려들더니 그녀를 붙잡고 욕을 퍼붓기 시작했다.

"애도 못 배는 쓸모없는 년, 이렇게 추운 날 제 남편 쫓아내고 뭐 하는 거야, 뭐 하는 거냐고?"

사람들이 그녀의 손을 잡으며 베리쓰한의 마누라를 탓하지 말라고 말렸다. 이런 일이 어떻게 베리쓰한의 마누라 탓이에요! 사람들은 그녀를 말리며 탄식했다. 베리쓰한은 정말 좋은 녀석이었지. 피리 부는 솜씨도 좋고, 평상시 남한테도 잘하고 말이야. 결혼해서 6년 동안 애는 못 낳았어도 양을 얼마나 많이 잘 키웠는지 몰라. 아주 훌륭한 양치기였지! 사람들은 이렇게 최대한 베리쓰한의 좋은 점을 얘기하면서 그의 모친에게 상심하지 말라며 위로했다. 하지만 노부인이 어찌 상심하지 않을 수 있겠는가? 손자가 없기 때문에 어쩌면 그녀의 마음속에서 아들은 여전히 어린아이였을지도 모른다! 그녀는 베리쓰한을 끌어안고 계속해서 울었다. 사람들은 너무 추워서 온몸이 떨렸지만 차마 집 안으로 들어가지 못했다. 노부인이 울음을 그치고 나서야 베리쓰한의 시신은 빈집으로 옮겨졌다.

날도 추운데 사람까지 죽어서 마을 분위기는 순식간에 처량해졌다.

이튿날, 마을에는 베리쓰한이 탔던 말에 대한 이야기가 떠돌았다. 베리쓰한이 눈 속에 내동댕이쳐진 뒤, 말은 마을을 향해 나는 듯이 달렸다. 그런데 이 말은 베리쓰한의 집으로 돌아가지 않고 다른 집 마구간 앞에 멈춰 서서는 몰래 꼴을 훔쳐 먹었다. 녀석은 배불리 먹은 다음에도 돌아가지 않고 그 집 마구간에 드러누웠다. 녀석이 산에서 내려와 곧장 베리쓰한의 집으로 갔다면 마누라가 그에게 무슨 일이 생겼는지 알았을 것이다. 그녀가 마을 사람들을 소리쳐 불러 말발굽 자국을 따라 산으로 올라갔다면 베리쓰한을 찾을 수 있었을 것이다. 그녀가 제때 당도했더라면 베리쓰한이 혹시 죽지 않고 살 수 있지 않았을까? 그 짐승이 베리쓰한을 죽였다. 그 집 주인은 아마도 말이 일을 그르친 것이 원망스러웠을 것이다. 자기네 꼴을 훔쳐 먹은 것이 얄미웠을지도 모른다. 그래서 나무 방망이로 말을 세게 두드려 팬 다음 마구간에서 내쫓아버렸다.

이때 마을에 나이 지긋한 노인 몇몇이 또 나서서 말했다. 자네들 말한테 그러면 못 써. 일이 이렇게 될 줄 말이 알았겠나! 베리쓰한의 팔자가 올해 폭설에 가는 거였으면 어쩔 수 없는 거야. 이 마을 노인들은 발언권이 아주 컸다. 많은 일이 그들의 말을 거치면 사람들은 바로 그 속에서 이치를 깨달았다. 그들은 이 마을에서 수십 년을 살면서 온갖 일을 다 겪었기 때문에 매사에 어떻게 대처해야 하는지 잘 알고 있었다. 이런 편벽한 곳의 작은 부락에서, 이 노인들이 겪어온 수십 년의 세월 속에서, 어떤 것들은 소리 없이 변하기도 했지만, 또 어떤 것들은 전혀 바뀌지 않았다. 시간 속에서는 변하는 것과 변하지 않는 것이 모두 일종의 언어로서, 수시로 사람들의 사유를 요구하고 어떤 일들에 직면하여 경험을 종합하게 했다. 이 노인들만큼 나이가 많지 않은 사람들은 노인들이 겪은 많은 일을 겪지 못했기 때문에 더욱 그들의 말을 따르고 존중했다. 그래서 그들은 마을에서 일정한 지위를 갖게 되었고, 많은 경우 그들이 나서서 말을 해야 했다.

나는 쉬룬거에게 이런 사정을 설명했다. 내가 말했다.

"이미 바이하바白哈巴 촌에도 현대 문명이 적지 않게 들어왔고 자네는 현성에서 교육국 부국장을 지냈으니 앞으로는 자네가 이 마을에서 목소리를 내야 하네."

그가 헤헤 웃으며 말했다.

"내가 무슨 목소리를 내겠나?"

내가 말했다.

"바깥일이나 마을 일에 대해 자네가 목소리를 내야 하네."

그가 골똘히 생각에 잠겨 말했다.

"그러게. 요 몇 년 사이에 바깥 일이 마을에 들어오고 마을 일이 바깥으로 나가면서 많은 게 변하고 있지!"

베리쓰한을 묻고 나서 사람들은 그의 마누라를 찾아가 위로했다. 며칠 사이에 심신이 피폐해진 그녀는 거의 사람 꼴이 아니었다. 사람들이 위로할수록 그녀는 모든 일이 전부 자신의 저주 때문이라고 말했다.

말솜씨 좋은 쉬룬거 동생의 마누라가 애써 그녀를 다독였다.

"그렇게 생각하면 못 써. 같이 살면서 안 싸우는 부부가 어디 있어. 베리쓰한이 올해 폭설에 간 것도 따지고 보면 잘된 일이야!"

사람들은 놀라움을 금치 못했다. 저 여자는 어째서 저런 말을 하는 걸까? 사람들의 시선이 자신에게 집중되는 것을 의식한 여자는 자기 말 속의 줄이 그들을 끌어당겼다고 생각했다. 그리하여 '그 줄'을 자기 쪽으로 끌어당기기 시작했다.

"생각해봐. 베리쓰한은 한 평생 잘 살았잖아. 양고기를 먹어도 흘레하지 않은 양고기만 먹고 소나 양도 다 튼실하게 잘 키웠으며, 무슨 일을 해도 힘들이지 않고 잘 해냈잖아. 자기 몸 위에서 말을 타긴 했지만 말이야."

여기까지 말하던 그녀는 잠시 뜸을 들이더니 곧장 화제를 바꿨다.

"자기에게 아이가 없으니 얼마나 잘 된 일이야. 자기는 다시 시집가면 되잖아. 누군가 나타나겠지. 그리고 베리쓰한의 나이를 생각해봐. 시간이 갈수록 하루가 다르게 이가 약해져서 흘레하지 않은 양고기 같은 건 뜯지도 못할걸. 다리도 굳어져 산도 못 타고, 눈도 침침해져서 봄, 여름, 가을, 겨울 구별도 못 할 거야. 지금 그렇게 갔으니 얼마나 좋아. 사람으로 태어나 가장 좋은 복은 다 누렸잖아. 더 살아봐야 별 의미도 없었을 거라고. 자기가 시집을 다시 가는 것도 잘 된 일이야! 베리쓰한이 자기한테 이렇게 많은 양을 남겼으니 앞으로 팔자 핀 거라고! 시집가서 애 낳으면 모든 게 다 다시 시작되는 거지."

"시작할 수 없을 걸!"

누군가 내 옆에서 나지막하게 중얼거렸다. 내가 쿡 찌르자 그는 얼른 입을 다물었다. 밖으로 나가자 그는 내게 그 여자가 무엇을 시작한다는 건지 알려주었다. 나와 베리쓰한은 좋은 친구였어. 베리쓰한 말고도 숱한 남정네를 자기 몸에 올라타게 했는데도 저 여자 배는 줄곧 평평한 초원이었다고.

나는 그에게 이미 고인이 된 베리쓰한을 생각해서 이 이야기는 퍼뜨리지 말라고 했다. 그는 고개를 끄덕이며 알았다고 했다.

어부와
술꾼
이야기

자오즈밍

趙志明

리양澧陽 땅은 장쑤江蘇, 저장浙江, 안후이安徽 세 성의 경계에 있으면서 그중 어느 한 곳에도 속하지 않는다. 그곳은 산도 있고 물도 있고 평원도 있고 구릉지대도 있는 그런 곳이었다. 구릉지대는 차를 재배하기에 적합했다. 사람들은 높은 마을이라는 의미에서 이곳을 '가오샹高鄉'이라고 불렀다. 이 가오샹에서 위로 올라가면 큰 산이 있고, 그 산에는 '사냥꾼'이 살았다. 가오샹에서 아래로 내려오면 물가 마을이 나왔다. 지대가 낮아서 자주 물에 잠기는 곳이었다. 이런 상황은 '처우머우綢繆'나 '구두古瀆' 같은 이곳의 지명에서도 알 수 있었다. 물가 마을 사람들은 대부분 농사를 짓고 살았지만 '어부'도 없지 않았다.

'사냥꾼'은 사냥총과 큰 칼을 몸에 지니고 늘 사냥개를 데리고 다녔다. 짐승 가죽으로 만든 조끼를 입고 있어 마치 머나먼 옛날

로부터 시간을 뚫고 나온 사람 같았다. '어부'는 작은 배와 그물, 가마우지를 갖고 있었다. 마치 외국에서 이주해온 사람 같았다. 그들은 두 차례의 수확을 위해 1년 내내 땅에 매여 살아가야 하는 농민들과는 삶의 유형이 전혀 달랐다. 그들은 종종 아주 오랫동안 밖으로 돌아다녔다. 사냥꾼은 깊은 산에 가서 사냥했고 어부는 물가에 가서 고기를 잡았다.

예전에는 물산이 풍부해서 보통 한 차례 나갔다 하면 잔뜩 잡아가지고 돌아왔다. 그들은 온갖 산해진미의 재료들을 들고 리양현 내 장쑤, 저장, 안후이가 교차하는 지점의 변경시장으로 모여들었다. 그곳에는 많은 사람이 물건을 가지고 나와 좋은 값을 받으려 흥정하다보니 매일 장날인 것처럼 북적거렸다. 어부는 동네 사람들에게 반찬 하라고 말린 새우를 주었고 사냥꾼은 바람에 말린 매의 발톱을 아이들 장난감으로 주었다.

하지만 그건 아주 오래된 옛날 일이었다. 옛날이 언제인가 하면, 우리 아버지가 어렸을 때다. 그때는 정말 산은 산이요, 물은 물이었다. 산에는 온갖 짐승이 다 있었다. 호랑이나 늑대, 천산갑도 있었고, 고슴도치는 말할 것도 없었다. 물속에는 또 온갖 생명체가 다 있었다. 민물조개도 있고 도롱뇽도 있었다. 양쯔 강 악어도 있어 그 놈이 배를 뒤집어버리면 인명사고가 나기도 했다. 명나라 때 소설집 『삼언이박三言二拍』에 나오는 사회적 분위기나 인정 같은 것이 그때까지 남아 전해지는 것 같았다.

내가 어렸을 때가 되어서는 사정이 많이 변했다. 구체적으로 말하자면 짐승들이 적어졌고 사냥꾼들이 평지로 내려오게 되었다. 땅을 분배받지 못한 그들은 품팔이꾼이 되는 수밖에 없었다. 사냥꾼 한 사람이 우리 마을에 살았다. 그는 술꾼이 되어갔다. 어른들은 그에게 아직 용기가 남아 있다고 말했다. 그 용기는 술 마실 때의 용기를 말하는 것이었다. 술을 마시기 위해 사냥꾼은 자신의 사냥총과 큰 칼, 사냥개까지 전부 우리 마을의 한 어부에게 팔았다. 어부는 수지맞았다고 생각했지만, 뜻밖에도 곧바로 단속반이 나타나 불법 무기류 소지라면서 총과 칼을 압수해 가버렸다. 사냥개만 남았다. 충성심이 아주 강한 이 개는 어부의 집에서 밥을 먹고 사냥꾼의 집을 지켜주었다.

속담에 "고양이가 들어오면 가난해지고, 개가 들어오면 부자가된다"라는 말이 있다. 어부는 완전히 밑지는 장사를 하고 개만한 마리 키우게 되어 화가 났지만, 사냥꾼에게 말 한마디 변변히하지 못하고 항상 사소한 일로 말다툼을 했다. 두 사람 모두 성격이 괄괄하고 힘도 센 편이어서, 둘이 한 번 말다툼을 했다 하면 산이 흔들리고 바다가 뒤집히는 것 같았다. 이상할 것도 없는 것이, 한 사람은 사냥을 하고 다른 한 사람은 고기를 잡았기 때문에 그들에게는 그 정도의 힘이 있었다.

어느 날 어부는 사냥꾼이 자신에게서 벌어간 돈을 원금에 이자까지 쳐서 찾아올 방법을 생각해냈다. 그는 사냥개를 나무에 묶어놓고, 이놈을 잡아 개고기를 드릴 테니 모두들 집에 가서 그릇을 가지고 나오라고 떠들어댔다. 이 말을 전해들은 사냥꾼은 몹시 마음이 아팠다. 어부가 장난을 치고 있다는 것은 알았지만, 그래도 마음이 불편했던 그는 예전에 어부가 자기 총과 칼과 개를 사면서 들인 돈을 도로 가져다주고 개를 찾아왔다.

무슨 일이 일어났는지 알 도리가 없는 사냥개는 가마솥 뚜껑을 뒤집어 쓸 뻔했다가 구사일생으로 살아났다. 사냥개는 여전히 어부의 집에서 밥을 먹고 사냥꾼 집에서 잠을 잤다. 유일한 변화가 있다면, 어부가 자신과 사냥꾼 사이에 존재했던 빚이 청산되었다고 생각하게 된 것이다. 전에는 사냥꾼과 술자리를 함께 하지 않았던 그가 이제는 특별히 맛있는 요리를 해서 사냥꾼을 집으로 불러 함께 술을 마시곤 했다. 그리고 식사 후에는 충견을 데리고 집으로 돌아가는 사냥꾼을 물끄러미 바라보았다.

그들의 우정은 마을 사람들의 부러움을 샀다. 그들은 생활 방식은 서로 달랐지만 마치 의형제를 맺은 것 같아 보였다. 사람들은 두 사람이 어쩌다 이전처럼 말다툼을 하는 적은 있어도 오줌을 갈길 때는 적어도 밭두둑 세 개 정도의 거리는 유지했다고 했다.

물론 이와 혀가 아무리 사이가 좋다 해도 함께 있으면 깨물 때도 있는 법이다. 사냥꾼은 삼시 세끼 술을 빠뜨리는 법이 없어, 전형적인 알코올 의존증이라 할 수 있었다. 그는 술을 많이 마시면 평지를 걸으면서도 산을 넘는 것처럼 보였다. 술기운을 빌어

과거의 생활 속으로 돌아가는 듯했다. 어부는 술을 한 방울도 입에 대지 않았다. 어쩌나 몸 생각을 하는지 거의 결벽증 수준이었다. 어부는 사냥꾼이 술을 너무 마시는 것이 문제라고 했고, 사냥꾼은 어부가 술을 마시지 못하는 것이 인생의 흠이라고 했다.

어부가 사냥꾼에게 말했다.

"고기 잡는 사람들은 항상 물에 있기 때문에 술 마시는 것은 금기로 되어 있지. 생각해보게. 배에서 생활하면서 술을 많이 마시다가 조금만 방심해도 물에 빠져 죽게 될 걸세. 술에 취해 뱃전에 서서 오줌을 누거나 쭈그리고 앉아 똥을 누다가 발을 헛디뎌 물에 떨어지면 곧장 고기밥이 되는 거라고."

사냥꾼은 그의 말을 믿지 않았다.

"자네처럼 수영 실력이 대단한 사람이 그렇게 말하는 건 이해할 수 있을 것 같네. 하지만 자네는 지금 물에서 생활하지도 않는데 어째서 술을 못 마신다는 건가? 술을 많이 마셨다 해도 자빠져봤자 땅바닥이라 물에 빠져 죽을 일은 없지 않은가?"

허풍이 세고 말을 잘하는 것이 아니라 사냥꾼은 정말로 수영 실력이 뛰어났다. 우리 마을에서 최고였다. 심지어 어부보다도 나았다. 그가 가장 잘하는 것은 선헤엄으로, 다른 사람은 기껏해야 수면 위로 고개만 간신히 내밀 뿐이었던데 반해 그는 젖꼭지가 물 밖으로 나오게 할 수 있었다. 사냥꾼이 물속에서 작살을 손에 쥐고 나타났다면 영락없이 물속에 사는 괴물 같았을 것이다.

게다가 이상한 것은 남들은 수영할 때 고작해야 수박을 가지고 가서 물속에서 먹으면서 노는데 비해 사냥꾼은 술병을 들고 간 다는 것이었다. 술을 다 마시고 나면 그는 실컷 수영을 즐기다가 뭍에 오르곤 했다. 사냥꾼은 이렇게 술을 마시면 술 냄새가 전부 모공을 통해 빠져나가는 장점이 있다고 말했다. 모두들 반신반의 했지만 감히 따라하는 사람은 없었다. 이는 술 귀신들만이 할 수 있는 말이고 행동으로 옮길 수 있는 일이라고 생각할 뿐이었다.

술에 대한 두 사람의 태도가 판이하게 다르다보니 이로 인해 뜻하지 않은 사건들이 발생했다. 리양에서는 한 해에 몇 차례씩 큰 물난리가 났다. 그 가운데 도화수桃花水라는 게 있었다. 복숭 아꽃이 필 때면 강물의 수위가 높아진다고 해서 붙여진 이름이 다. 이때 잉어들은 수초가 무성한 곳에서 교미하면서 거센 물보 라를 일으키고 소리를 냈다.

그럴 때면 어부는 작살을 들고 강둑에 선다. 그는 시력이 아주 좋아 소리만 듣고도 위치를 금방 알 수 있었고, 들고 있던 작살 을 번개같이 집어 던져 물속의 잉어를 정확하게 맞출 수 있었다. 작살의 끝부분에는 나일론 줄이 달려 있었다. 이 줄은 어부의 팔 에 감겨 있어 작살을 던진 뒤에 다시 원래의 위치로 회수하기 편 리했다. 어부는 백발백중이라 거의 실수하는 법이 없었다. 이때 가 되면 도화수의 흐르는 물속에서 잉어들은 살이 쪘고 뱃속에 는 알이 꽉 찼다. 이 무렵이면 어부는 매번 사냥꾼을 불러 함께 밥을 먹자고 했다.

사냥꾼은 올 때마다 생선도 먹고 술도 마셨다. 하지만 술이 거나해지면 매번 어부에게 잔소리를 해댔다.

"자네 이러면 안 되는 거야. 나는 예전에 사냥할 때 새끼 밴 놈이나 어린 새끼를 데리고 있는 놈들은 전부 놔주었어. 아무리 배가 고파도 나무뿌리까지 먹을 수는 없듯이 그 녀석들에게 사냥총을 겨누어서는 안 되는 걸세. 마음이 약해서 도저히 그렇게 못하지. 자네가 이렇게 물고기를 잡아대다가는 강에 있는 물고기 씨가 다 말라버리지 않겠나?"

이런 말을 들은 어부는 기분이 나빠졌다.

"자네 그렇게 말할 거면 차라리 이 술이랑 고기 모두 개나 먹으라고 줘버리고 말겠네."

도화수는 봄에 발생했다. 물살이 급하지 않고 마치 하상에서 솟아 나온 물이 강을 가득 채워 임신한 여인처럼 부드러운 성격을 갖게 하는 것 같았다.

여름 홍수도 얘기하고 넘어가야 할 것 같다. 여름에는 대체로 비가 많이 왔고, 폭우가 내리면 홍수가 났다. 당시에는 홍수의 기세가 무섭고 소용돌이와 급류가 많아, 날이 더워도 보통 사람들은 쉽게 물에 들어가지 못했다. 헤엄쳐 강을 왔다 갔다 하는 것은 감히 엄두도 내지 못했다. 가을 홍수라는 것도 있었다. 가을비가 쉴 새 없이 내려 홍수가 나는 것이다. 하지만 가을에는 물에 들어가는 사람이 없었다. 장자莊子가 「추수秋水」 편에서 '망양흥탄望洋興嘆'(강의 신인 하백河伯이 스스로 매우 크다고 뽐냈으나 바다에 가보고는 자신의 능력이 부족함을 알고 탄식했다는 이야기)이라 한 것도 바로 이 가을 홍수를 가리키는 것이다. 나는 장자의 고향인 멍청蒙城에 가본 적이 있다. 그곳에는 워허渦河라는 강이 있다. 큰비가 오면 워허는 강폭이 아주 넓어져 큰 바다가 된다.

이 몇 번의 홍수는 정말 장관이었다. 하지만 여름 홍수에만 인명사고가 나는 것은 날이 더워지면 어른 아이 할 것 없이 모두 물에 들어가 멱을 감기 때문이다. 물이 불어나면 사람들은 기껏해야 나루터에서 살짝 몸을 담글 뿐 깊은 곳에는 들어갈 엄두를 내지 못한다. 모두 파도에 휩쓸려갈 것을 두려워하지만, 어떤 상황에서도 예외는 존재하는 법이다.

어느 해 여름 홍수가 났을 때 사냥꾼과 어부가 내기를 했다. 사냥꾼은 마시던 술병을 들고 강물로 들어갔다. 술은 반병 쯤 비워 있고 돼지 머리고기는 큰 접시에 절반가량이 남아 있었다. 두 사람이 수영 실력 이야기를 하다가 언쟁이 일어났고, 어부가 입에 올리지 말아야 할 말을 했다.

"자네 수영 실력이 그렇게 좋다면 당장 물에 들어가보게."

사냥꾼은 두 말 없이 술병을 집어 들고는 물속으로 들어갔다. 하지만 물에 들어간 그는 다시는 뭍으로 올라오지 못했다. 당시 수많은 시골사람이 그들이 내기한다는 말을 듣고 모두 강둑에 모여서 있었다. 사냥꾼의 수영 솜씨가 워낙 뛰어났기 때문에 사람들은 모두 그가 이기고 어부가 질 것이라고 확신했다.

사람들은 강둑에 서서 사냥꾼이 물속으로 들어가는 모습을 지켜보았다. 그들은 타의 추종을 불허할 사냥꾼의 선헤엄 실력을 지켜보고 있었다. 강물 한가운데로 간 그는 상반신을 수면 위에 내놓은 채 오른손의 술병을 높이 쳐들고는 술을 한 모금 마실 요량으로 왼손으로 뚜껑을 돌려 열었다.

강둑에서 지켜보던 사람들 사이에선 일순 탄성이 흘러나오더니 곧이어 침묵이 흘렀다. 사람들 눈에 처음에는 사냥꾼의 손에 높이 들린 술병만 보이더니 천천히 팔이 가라앉으면서 나중에는 술병만 남았다. 마지막에는 술병마저 가라앉았다. 사람들 사이에서는 탄식이 터져 나왔다. 사람들은 사냥꾼이 이제 다시는 돌아올 수 없게 되었음을 알았다.

사냥꾼이 물에 빠져 죽었지만 홍수 때라 사람들은 그의 시신을 건질 수 없었다. 일반적으로 물에 빠져 죽은 사람의 시신은 대부분 건져올릴 수 있지만, 대개 진흙 속에 얼굴을 처박고 있거나 목덜미나 몸에 물고기 귀신이 할퀸 손톱자국이 나 있다고 했다. 하지만 운이 좋지 않았던 사냥꾼은 여름 홍수 때 물에 빠져 죽은 탓에 시신이 뭍으로 올라오지 못했다. 여러 날이 지나 경험이 많은 사람들은 시신이 수면 위로 떠오를 것이라 말했지만 강 하류에 사는 사람들은 낯선 시신을 발견하지 못했다.

사냥꾼은 물에 빠져 죽었다. 그는 확실히 물고기 밥이 되어 시신의 뼛조각 하나 남지 않았다.

사냥꾼이 그렇게 가고 나자 먼저 멀쩡하던 사냥개가 갑자기 죽어 사냥꾼을 따라갔다. 들리는 말로는 쥐약을 먹었다고 했다. 어부가 느끼는 심리적 압박감은 더욱 커졌다. 사냥꾼의 죽음은 완전히 뜻밖의 일이었고, 전적으로 그 스스로 잘난 척한 결과이자 인생을 너무 제멋대로 산 결과였지만 어부는 사냥꾼이 자신의 말 한마디 때문에 물에 들어갔다는 사실도 모르지 않았다. 남들은 실상을 자세히 알지 못한다 해도 그 자신만큼은 그런 생각을 놓아버릴 수가 없었다. 그는 사냥꾼에게 미안했다. 사냥꾼의 뼛조각 하나 건지지 못한 터에 사냥개마저 죽자 그는 더욱 더 죄인이 된 느낌이었다. 이에 그는 사냥꾼을 위해 뭐라도 좀 해야겠다고 생각했다.

나중에 홍수가 물러가자 사냥꾼이 물에 빠져 죽은 이야기는 다른 많은 사람의 익사사건과 마찬가지로 천천히 사람들에게서 잊혀 갔다. 잊혔다는 것에 대한 분명한 증거는 사람들이 그의 죽음을 두고 농담을 하기 시작했다는 점이다.

"자네들 알아? 수문 쪽에 사는 물고기 귀신이 아주 난리라는군. 백주 대낮에 우吳씨네 집 거위 두 마리를 집어 삼켰대. 우씨네 집에서는 드렁허리가 피를 빨았다고 생각했는데, 알고 보니 물고기 귀신이 장난을 쳤다는구먼. 눈 깜짝할 사이에 거위 두 마리가 사라졌어. 물에서 잘 놀고 있던 거위가 흔적도 없이 사라진 거지. 우씨 아저씨는 놀라서 거위 축사를 다른 곳으로 옮겨버렸다네."

"그 물고기 귀신이 사냥꾼의 시체를 먹고 술에 취해버린 거야. 예전 같았으면 물에 떠다니는 오리만 잡아먹었을 놈이 이제는 힘이 세져서 알 낳는 거위까지 잡아먹게 된 거지."

"맞아. 그놈이 사냥꾼을 먹지 않았다면 어째서 사냥꾼의 시체가 떠오르지 않는단 말인가? 물고기 귀신에 잡아먹힌 게 분명해. 그러고는 힘이 나서 단숨에 거위 두 마리를 삼켜버린 거지."

말한 사람은 생각 없이 내뱉을지 몰라도 듣는 사람은 새겨듣는 법이다. 어부는 그날부터 물고기 귀신을 때려잡기 위해 밤낮으로 강둑에 출몰하기 시작했다. 다른 이유는 없었다. 이 물고기 귀신이 사냥꾼을 잡아먹었기 때문이었다. 그러던 어느 날 어부는 물고기 귀신을 만나게 되었다. 놈은 메기의 형상을 하고 있었고 다 자란 물소만큼이나 컸다. 입가의 수염은 팔뚝만큼 굵은 뱀장어를 연상케 했다. 메기 귀신도 물속을 들어갔다 나왔다 하는 것이 마치 어부를 기다리고 있었던 것 같았다.

강둑에서 이처럼 거대한 메기를 처음 본 어부는 놀라움을 금치 못했다. 메기가 너무 컸기 때문이다. 그 어떤 디스커버리 채널에서 본 것보다 더 컸다. 사람을 수도 없이 잡아먹었을 그 놈은 너무나 태연했다. 사냥꾼의 시체를 삼켜버린 그 놈이 어쩌면 저렇게 아무렇지도 않게 물속을 유유히 헤엄칠 수 있단 말인가. 놈은 물속에서 잠수만 하는 것이 재미가 없어 밑바닥에서 위로 올라온 것 같았다.

메기는 강둑에서 한 사람이 식음을 전폐하고 자신이 나타나기를 기다리고 있을 줄은 생각지도 못했을 것이다. 또 놈은 그 사람이 반경 수십 리에 명성이 자자한 뛰어난 어부라는 사실도 몰랐을 것이다. 이 어부의 먼 조상은 그 옛날 우禹임금의 치수를 도와 많은 수중 괴물을 처치한 장본인이었다. 가까운 조상으로는 창당長溏 호수 속 괴물 악어를 처단했던 양반도 있었다. 이 어부는 조상들처럼 그렇게 엄청난 위업을 이루지는 못했지만, 그의 손에 들린 작살은 물속에 사는 각종 생물의 간담을 서늘하게 하기에 충분했다.

어부는 메기를 보자 틀림없이 이놈이 사냥꾼을 먹었을 거라고 생각하고는 반드시 이 메기를 죽여 사냥꾼의 원수를 갚아야겠다고 마음먹었다. 그러던 어느 날 밤낮으로 그 자리를 지키던 그에게 마침내 기회가 찾아왔다. 메기가 그의 사정권에 들어온 것이다. 어부는 강둑 위를 달렸고 점점 더 속도를 냈다. 그러고는 마치 투창선수처럼 손에 쥐고 있던 작살을 힘껏 내던졌다. 작살은 정확하게 메기의 몸에 꽂히면서 퍽 하는 소리를 냈다.

하지만 이 거대한 메기는 물소만큼이나 컸다. 메기는 물소처럼 힘도 엄청났다. 보통 잉어나 가물치였다면 일찌감치 어부의 손에 잡혔을 것이다. 하지만 이 메기는 너무 크고 힘도 엄청나게 셌다. 작살이 등에 꽂히자 놈은 고통스러운 듯 몸을 부르르 떨더니 이내 물속으로 들어 가버렸다.

작살의 끝 부분에 연결된 나일론 줄이 어부의 오른팔을 꽉 조여왔다. 그는 비틀거리며 끌려갔다. 그는 멈춰서려 했지만 이미 불가능했다. 어부는 매우 빠른 속도로 물속으로 끌려들어갔다. 필사적으로 몸부림쳤지만 방법이 없었다. 특히 물속에서는 메기의 힘이 사람보다 훨씬 셌기 때문에 끌려간 그는 빠져 들어가기만 했지 헤쳐 나올 수가 없었다.

하지만 메기도 작살과 어부로부터 헤어날 수 없었다. 나일론 줄에 휘감긴 메기는 아주 빨리 기력을 잃어갔다. 잠시 후 놈은 물 밑바닥 수초가 우거진 곳에서 마지막 가쁜 숨을 헐떡거리고 있었다.

사람들은 어부의 시신 옆에서 메기를 발견했다. 이미 온 몸에 힘이 빠져 죽은 거대한 메기는 허연 배를 드러내고 둥둥 떠다니고 있었다. 사람들은 지금도 사냥꾼은 어부와 내기를 했기 때문에 물에 빠져 죽은 것이고, 메기는 사냥꾼의 시신을 먹었기 때문에 어부에게 죽임을 당한 것이지만, 결국은 사냥꾼이 메기를 구실로 삼아 어부를 저 세상으로 데려간 것이 아니냐고 말하곤 한다. 정말 그렇다면 사냥꾼과 어부의 죽음은 그렇다 치더라도, 메기의 죽음은 너무 억울한 것이 아니냐고 했다. 놈은 어렵사리 그렇게 큰 몸집을 갖게 되었고 물속의 왕 같은 존재가 되었지만, 두 어리석은 인간의 생각으로 인해(다른 인간들의 어리석음도 있겠지만) 뜻밖의 횡액을 당하게 되었다. 때로는 인간이 저지른 죄악이 이루 말로 다할 수 없을 정도다.

황혼의
쏙독새

헤이허
黑鶴

해가 서산으로 넘어가자 우리 텐트 근처의 나무숲에서 뭔가를
두드리는 것 같은 기괴한 소리를 내는 이름 모를 새의 울음소리
가 들려왔다. 그 소리는 밤새도록 이어졌다. 알고 보니 쏙독새였
다. 이 지역의 러시아 사람들은 아주 적절하게도 그것을 '대장장
이'라고 부른다. 퉁구스 사람들 역시 대장장이라는 의미에서 지에
부짜쿤이라고 부른다.

_ 리처드 마아크Richard K. Maack, 『아무르 강 여행기』,

제1장 '이르쿠츠크에서 알바진까지의 여정'

이는 어윈커족이 대대로 이용해온 전통 치료법이다.

나무에서 긁어낸 수지樹脂를 물에 넣고 팔팔 끓인다. 그런 다음 순록의 상처에 수지의 맑은 향기가 나는 액체를 바르면 상처를 아주 빨리 아물게 할 수 있다.

며칠 전 칼을 갈다가 왼손 엄지손가락 밑이 베였다. 대략 2센티미터 정도였지만 상처가 깊었다. 숙영지에 가면 외상에 바르는 약이 구비되어 있고 몸에 비상약도 있었지만, 나는 그 오래된 치료법이 정말 효과가 있는지 시험해보고 싶어졌다. 나는 상처에 별다른 조치를 취하지 않았다. 그냥 간단히 눌러 지혈한 후, 진한 홍차 같은 바로 그 적갈색 액체로 상처를 씻어내고 덧발랐다. 특별한 느낌이 없었다. 그런데 다음날 아침에 일어나면서 효과를 눈으로 확인할 수 있었다. 상처의 욱신거리는 통증이 사라지고 없었다. 나는 텐트 밖에서 스며드는 햇빛에 손을 대고 자세히 살펴보았다. 상처 안쪽이 아물기 시작하면서 갈라진 부위가 봉합되고 있었다. 나는 다시 꼼꼼하게 그 약물을 발랐다. 사흘 째 되던 날 완벽히 나았다. 개울에 가서 아무렇지도 않게 목욕할 수 있었다.

바라제이芭拉傑依는 그것이 큰 나무의 눈물이라고 말했다.

하지만 놀랄 정도로 치료 효과가 뛰어난 이 전통 비방祕方이 그 순록에게는 별다른 효과가 없었다. 순록의 상처는 아주 느리게 아물어 갔다. 아마도 상처가 너무 깊어서 그럴 수 있었겠다는 생각이 들었다.

이 녀석은 바라제이의 순록 무리 가운데 유일한 백록이다. 내 기억으로는 마리아·쑤어의 순록 무리에도 백록이 한 마리 있었다. 백록이 천 년에 한 번 보기도 힘들다고 말할 정도는 아니지만, 그래도 보기 드문 것임에는 분명하다. 백록이 이처럼 희귀한 것은 태어나서 살아남기가 쉽지 않기 때문이다. 울창한 숲에서, 백록은 눈에 확 띄는 색깔 때문에 포식자의 공격에 더욱 쉽게 노출된다.

그 백록은 올가미에 걸려 상처를 입었다.

숲에는 밀렵꾼들이 있다. 이곳에 순록을 사육하는 어원커 부족이 있다는 것을 알았지만 그들은 개의치 않고 불법임을 알면서도 사냥을 했다. 그들은 숲에 많은 올가미를 설치해두었다. 숲에서 살아가는 야생동물들이 이 올가미에 목숨을 잃는 것은 말할 것도 없고, 순록들도 불시에 재앙을 맞곤 했다. 올가미에 걸려 죽는 것은 가장 고통스런 죽음이다. 죽음의 과정이 지루하리만치 길고 외롭기 때문이다.

진정한 사냥꾼은 올가미를 사용하지 않는다. 사실 수렵 자체가 위법이다.

숙영지에 있는 순록 중 이미 올가미에 당한 게 한두 마리가 아니다. 발굽 위쪽 종아리에 고리 모양으로 자른 것 같은 상흔이 있는 순록들이 적지 않다. 운 좋게도 올가미를 잡아당겨 끊어냈고 그들은 살아남았다. 그렇지 않았다면 이곳 사람들은 우거진 숲 위에 모여든 까마귀 떼를 좇아 이미 죽은 순록들을 찾아다니는 수밖에 없었을 것이다.

지난해에 숙영지에서 실종된 순록 두 마리를 찾았을 때는 이미 백골이 된 뒤였다.

나는 백록을 기다리면서 잔가지로 모깃불을 피웠다. 젖은 나무에서 나는 푸른 연기가 어둠이 드리우는 숲의 상공으로 천천히 피어 올라갔다.

나는 텐트 안에서 소금 주머니를 찾아서 나왔다. 엘크 가죽으로 만든 이 소금 주머니는 오랫동안 사용한 것이라 털이 거의 다 빠졌지만 가죽은 기름기가 배어들어 거무스름한 빛을 띠며 더욱 질기게 변했다. 소금 주머니의 가죽 끈에는 노루 발굽 10여 개가 꿰어져 있다. 가볍게 흔들면 딱딱한 발굽들이 서로 부딪치면서 소금 주머니를 두드리게 된다. 그러면 소나기의 굵은 빗방울이 지면을 두드리는 것처럼 후두둑 하는 묵직하고 둔탁한 소리가 난다.

이 소리는 아주 먼 곳까지 전해진다. 심지어 울창한 숲을 관통해서 깊은 곳에서 한가로이 노니는 순록들의 귀에까지 곧바로 전해진다. 나는 줄곧 이 소금 주머니가 어쩌면 어원커 부족과 순록의 진정한 연결고리일지도 모른다고 생각했다.

해가 서쪽 산마루를 넘어가고 숲에 어둠이 점점 드리워질 때,

골짜기 깊은 곳에서 맑고 유장한 순록의 방울 소리가 전해져 왔다.

잠시 지나 두서너 마리씩 짝을 이룬 순록들이 숙영지 앞쪽에 펼쳐진 공터에 나타났다. 순록들의 다갈색 피부와 털은 우거진 숲 아래 있는 음습한 나무줄기의 색깔과 너무나 닮아 있어, 녀석들이 숲에서 막 걸어 나올 때까지는 마치 숲의 일부분 같았다. 순록들은 비로 말끔해진 숲에서 하나하나 몸을 드러내며 이윽고 완전히 숲에서 떨어져 나왔다.

녀석들은 천천히 모깃불 근처로 모여들어 조용히 엎드렸다. 젖은 나무가 타오르며 피워내는 연기가 조금씩 순록들의 몸을 뒤덮었다.

방금 내린 비 때문에 모기들이 아직은 출몰하지 않고 있다.

여름철이 되면, 황야를 갈망하는 순록들을 숙영지로 돌아오도록 유인하는 데는 소금뿐만 아니라 어원커 사람들이 피우는 모깃불도 한 몫을 한다. 수지의 맑은 향을 품고 있는 연기 속에서 순록들은 엄청나게 몰려드는 사나운 모기떼로부터 잠시나마 도피할 수 있다. 숲속에서는 모기가 확실히 골칫거리다. 울창한 숲을 걸을 때 나는 끝도 없이 몸에 달라붙는 모기들을 문질러 죽이지만, 모기들은 늘 가장 빠른 속도로 주둥이를 정확히 모공에 찔러 넣어 피를 빨아먹으려고 한다. 평원이나 초원 지대에서 봤던 모기들보다 크기도 크고 색깔도 더욱 짙었다.

녀석은 가장 마지막에 나타난 몇 마리의 순록에 섞여 있었다. 그 무리는 오는 둥 마는 둥 하면서 아주 천천히 걸음을 옮겨놓고 있었다.

순록들이 숙영지로 돌아오는 것은 분명 습관이다. 그러나 이렇게 비가 온 뒤의 서늘한 황혼에는 모기들이 찬비에 쫓겨 나무 구멍으로 숨어들면서 아예 위세를 떨치지 못한다는 사실을 순록들도 본능적으로 알고 있다. 하지만 순록들은 그래도 습관을 따르는 경우가 많다. 나무들 사이로 오랜 세월 밟아 생긴 순록의 오솔길을 습관적으로 따라 걸으며 느릿느릿 돌아온다. 숙영지의 희미한 윤곽이 나타나면 순록들은 다시 숲으로 돌아가 맛있는 선태蘚苔나 갓 자라난 버섯을 계속 뜯어 먹을지 말지 망설이기도 하지만, 이때쯤에는 소금 냄새가 녀석들을 유혹하기 시작한다. 결국 녀석들은 더 이상 주저하지 않고 숙영지 쪽으로 발을 옮긴다.

그 흰색의 어린 순록이 그 무리 곁에서 따라오고 있다.

이 계절에는 산골짜기 깊은 곳의 동굴이 아니면 눈을 찾아볼 수 없지만, 녀석은 방금 내린 첫눈처럼 하얗다. 순백으로 반짝이는 눈부신 모습, 녀석이 짙푸른 숲에서 가볍게 걸어 나오는 모습이 마치 꿈처럼 불가사의했다. 이는 내가 숲으로 들어올 때마다 항상 머리에 붉은 천을 동여매는 이유이기도 하다. 숲과 다른 색깔은 사람들이 먼 곳에서도 더욱 쉽게 구별할 수 있으므로, 최소한 밀렵꾼의 오인 사격부터 스스로를 보호할 수 있게 해준다.

나는 빵 한 덩어리로 녀석을 유인했다. 그러나 녀석은 아직 나를 완전히 믿지 못했다. 숲속 숙영지에 머문 지도 보름이나 지난 터라, 몸에는 외부 세계에서 묻어온 냄새가 완전히 사라지고 없었지만 녀석은 아직 내게 경계심을 풀지 않고 있다.

하지만 요 며칠 사이 녀석은 내가 주는 먹이에 익숙해져 있었다. 내가 있는 곳에는 맛있는 먹이가 항상 자기를 기다리고 있다는 것을 알아차렸다. 따라서 황야로 돌아가려는 몸 안의 야성이 내 손길을 멀리하라고 속삭이고 있었지만, 분명 먹이의 유혹이 가면 갈수록 흡인력을 발휘하고 있었다. 조심스레 내게 다가온 녀석은 내가 잘게 찢어 손에 들고 있던 빵을 먹기 시작했다.

나는 녀석의 머리를 감싸 안은 후 순록 고삐로 나무에 묶었다. 녀석의 오른발 뒤쪽 올가미로 인한 상처를 자세히 살펴보았다. 상처가 뼈까지 닿아 있었지만 감염으로 곪은 흔적은 없었다. 상처 부위가 전체적으로 가라앉으면서 굳어가고 있었다. 곧 아물 징조다. 다만 가장 심하게 벌어진 곳에는 아직도 실 모양의 피가 조금씩 배어 나오고 있었다.

그러나 놀랍게도 상처에서 구더기를 찾아볼 수 없었다. 숲에서는, 몸에 약간의 상처만 나도 파리 떼가 무섭게 모여든다. 파리의 예민한 후각은 어떠한 기회도 놓치는 법이 없다. 녀석의 상처에 파리 유충이 없다는 것은 파리가 상처에 서식하는 것을 방해하는 뭔가가 있다는 것을 의미한다. 내가 보기에는, 틀림없이 수지를 고아서 만든 그 약물 때문인 것 같다. 그것이 상처를 가라앉히고 새살을 돋게 하는 효능을 발휘했을 뿐만 아니라 파리를 쫓는 냄새를 발산했을 것이다.

상처에 천천히 스며들도록 나는 병에 모아둔 물약을 어린 순록의 상처 난 다리에 아주 천천히 발라주었다. 약을 다 바르고 풀려난 녀석은 숙영지를 한 바퀴 돌며 텐트에서 더 얻어먹을 게 없다는 걸 알아차리고는 곧바로 모깃불 부근에 자리를 잡고 엎드렸다. 그러고는 눈을 감은 채 되새김질을 시작했다.

하늘에는 마지막 한 줄기 빛만이 남아 있고, 숲의 위쪽 너머로 거대한 용의 구부러진 허리처럼 생긴 산등성이가 이쪽 산골짜기를 음침하게 짓누르고 있었다.

나는 텐트 안에 불을 피웠다. 마른 장작에 불길이 일어나며 내부의 기온이 급속히 올라갔다. 불길이 난로를 붉게 달구면서 내 얼굴도 뜨거운 열기에 후끈후끈 달아올랐다. 텐트 밖으로 나가 텐트의 문발을 나무 막대기로 받쳐두었다. 이렇게 불을 세게 때면 낮 동안 텐트로 들어와 남아 있던 습기를 날려버릴 수 있다. 텐트는 내가 숙영지에 들어온 후 막 세운 것이라 지면이 아직 눅눅했다.

날이 점점 더 어두워졌다. 나는 텐트 앞쪽에 쓰러진 나무에 앉아 조용히 기다렸다. 새들이 왔을 때, 손목시계의 형광바늘은 저녁 7시 23분을 가리켰다. 역시 7시 30분을 넘기지 않았다. 여느 때와 마찬가지로 정시에, 어떠한 전주나 수줍어서 머뭇거리는 기색도 없이 새의 울음은 갑자기 시작되었다. 급박하다가도 가늘게 끊이지 않고 이어졌다.

나는 언어로 그 소리를 형용해보려고 노력해봤다. 마치 소도리로 미친 듯이 모루를 두드리는 것 같았다. 흐트러짐 없이 고속의 박자로 두드릴 수 있는 아주 작은 장도리와 그 두드림을 받아 크고 맑게 울릴 수 있을 정도로 질 좋은 모루가 내는 소리다. 말하자면 그것은 "자오거, 자오거, 자오거" 하며 끊임없이 반복되는 소리다. 따라서 어원커족의 언어에서는 소리에 딱 들어맞게 그 새를 '자오거자오구'라고 부른다. 대단히 생동적인 이름이다.

어두컴컴한 숲으로부터 그리 멀지 않은 평지에서 젖은 나무가 타오르며 내는 푸른 연기가 너무나도 생생한 질감으로 시름에 겨운 듯 솟아올라 계곡 사이를 맴돌고 있었다. 그윽하고 신비롭다. 검푸른 거목들 사이에 엎드려 있던 순록들만이 간혹 고개를 흔들며, 선사시대의 배경처럼 영원히 그대로 있을 것 같은 풍경을 깨뜨린다. 모든 것이 멈춰 있다. 이 무한에 가까운 멈춤 속에서, 그 조그만 새만이 미친 듯이 끈덕지게 울음을 멈추지 않았다. 온갖 새소리 중에서도 이 새의 소리는 가장 차분하면서도 리듬이 분명하다.

그 아이가 돌아왔다. 경험이 풍부한 사냥꾼처럼 아이는 숲 속에서 아무런 소리도 내지 않고 움직이는 것이 이미 습관이 되어 있었다. 아이가 가까이 다가와서야 나는 비로소 그 조그만 그림자를 알아보았다. 텐트로 들어간 아이는 약실에서 총알을 제거한 후 총을 텐트 한쪽 구석에 조심스럽게 내려놓았다. 그런 뒤 습지를 건너다니기에 편한 장화를 벗어놓고는 운동화로 갈아 신었다. 그는 이미 내가 그를 의식했다는 걸 알아차렸다. 내가 뭔가에 귀를 기울이고 있다는 것을 아이가 알게 된 것이 분명했다. 새소리를 들은 것이다.

이건 내가 가장 바라지 않았던 상황이다. 호기심이 많은 아이는 내면의 어떤 본능을 따라 소리를 추적했다. 그는 천천히 이동하다가 마침내 한 그루 낙엽송 아래에서 멈추더니 고개를 들어 위를 살펴보았다. 야무지게 생긴 아이는 검붉은 피부의 건강한 모습이었다. 산 아래 정착지에서는 종종 다른 아이들과 함께 어원커족의 전통 복장을 입고 관광객 앞에서 공연을 하기도 했다. 아직 변성기를 거치지 않은 앳된 목소리로 어원커족의 옛 민요를 불렀다.

그는 '거라'의 후손이었다. 어원커족 중 진정한 사냥꾼이자 머지않아 사라질 수렵시대 최후의 전기적 인물이었던 거라는 사람들에게 거대한 엘크와 곰 사냥에 관한 찬란한 전설을 남겨주었다. 유복자인 아이는 일찍 세상을 떠난 그의 아버지를 본 적이 없다. 그러나 뼛속 깊이 박혀 있는 유전인자는 감출 수 있는 게 아니었다. 대부분 그것은 본능에 더 가깝다. 비록 어리지만 아이는 바람처럼 소리 없이 숲을 다니는 법을 알고 있었다. 폭우를 만나 덜덜 떨면서도 여전히 가던 길을 계속 갔다. 그 아이가 고통을 견디는 능력은 또래 아이들보다 훨씬 뛰어났다. 아이는 일찌감치 울창한 숲이 어떤 곳인지 깨달았다.

사실 나는 새가 그 나무에 숨어 있다는 것을 진작부터 알고 있었다. 몹시도 은밀하게 생존하는 새였다. 전문적인 조류 연구자라 해도 그 아름다운 모습을 평생 한 번도 보지 못하는 경우도 있다. 야행성이이어서 황혼 무렵에 출현하는 그 새는 나뭇가지에 앉지 않고 나무줄기에 찰싹 달라붙는다. 몸에는 나무껍질 같은 깃털이 뒤덮여 있어 완벽한 보호색을 이루기 때문에 사람들이 쉽게 식별해낼 수 없었다. 따라서 그 새들은 눈앞에 있어도 나무에 난 혹처럼 보일 뿐이었다.

예리한 눈을 가진 아이는 벌써 새를 발견했다. 그 순간 아이는 지면에서 대략 10미터 정도 높이에 있는 나무줄기의 한 부분을 눈 한번 깜빡이지 않고 주시했다. 내가 천천히 다가갔다. 자세히 관찰하지 않았으면 절대 그것이 새라고 생각하지 못했을 것이다. 그렇게 자신의 자취를 감추는 것이 그 새들의 생존방식이었다. 특이한 울음소리를 내지 않는다면 사람들은 영원히 그 존재를 알지 못했을 것이다.

갑자기 새가 울음을 멈추고 아무런 소리도 내지 않았다.

발밑의 땅이 아주 부드러웠다. 흙 위에 낙엽과 이끼가 두껍게 뒤덮여 있었다. 그것들이 아침에 내린 비를 해면처럼 빨아들이는 바람에, 내 발 아래의 모든 것이 넘쳐흐를 정도로 수분을 머금고 있어 두툼하고 축축했다. 나는 쓰러진 나무를 밟았다. 오래전에 쓰러진 그 나무는 외형상 나무의 형태를 간직하고 있었지만, 사실은 이미 썩어 푸석푸석했다. 천천히 대지에 스며들면서 다음번 윤회의 완성을 기다리고 있었다. 나는 나무의 윤회 속도를 가속화시켰다. 나무는 내 발 밑에서 웨하스 과자처럼 산산이 부서졌다.

처음 아이가 나무 아래로 다가섰을 때만 해도 새는 자신의 위장 능력에 자못 믿음을 갖고 있었다. 그러나 내가 점점 더 다가서서 썩은 나무를 밟아, 아주 작지만 그래도 고요한 숲에 갑자기 청천벽력과 같은 소리를 내자, 그 새는 마침내 더 이상 숨어 있을 수만은 없게 되었다.

새의 비행은 칼새처럼 아주 민첩했다. 아주 빠르게 번쩍하고 지나간 그 검은 그림자는 빠르게 날개를 치면서도 아무런 소리를 내지 않았다. 눈 깜짝할 사이에 새는 질풍에 휩쓸려가는 재처럼 산골짜기 아래의 우거진 숲으로 사라졌다.

확실히 그 새는 나무줄기의 혹처럼 돌출된 곳에서 날아올랐다. 아이는 때마침 고개를 돌려 나를 보았다. 숲에서 은밀하게 들짐승을 쫓을 때의 사냥꾼에게서 흔히 볼 수 있는 예민함과 묵계 같은 것이 아이의 눈빛에 언뜻 스쳐 지나갔다. 나는 아무런 말도 하지 않았다. 아이는 새가 날아가는 것을 보지 못했다. 좀 전까지만 해도 그 새가 틀림없이 나무줄기에 앉아 있었다는 사실을 나는 아이에게 알려주고 싶지 않았다. 내 눈빛에서 적절한 응답을 확인한 후에, 아이는 만족스러운 듯 고개를 돌려 나무 위를 계속 바라보았다.

하늘이 더욱 어두워지면서 10미터 높이의 나무줄기는 윤곽이 더욱 흐릿해졌다. 따라서 좀 전과 비교해 무엇이 없어졌는지 육안으로는 거의 알아볼 수 없었다. 분명 나무 혹처럼 약간 솟아오른 부분도 이미 사라지고 없었다. 물론 그런 사정을 눈치 채기도 쉽지 않았다. 나는 그 아이 곁에서 계속 관망하면서 나무 위의 그 지점을 주시했다.

어쨌든 나는 이미 날아 가버린 그 조그만 새와 공모관계를 맺게 된 것이다. 지금 이 순간 인내심을 갖고 그 공모자의 역할에 충실할 수밖에 없었다. 그렇게 잠시 서 있었다. 물론 고요한 숲에 그 급박하게 지저귀는 소리가 다시 울리지는 않았다.

하지만 사내아이는 여전히 꼼짝도 하지 않은 채, 고개를 들어 나무줄기에서 새가 머물렀던 위치를 올려다보고 있었다. 그는 이미 사냥꾼에게 가장 중요한 자질인 인내심을 갖추고 있었다.

내 다리가 저려 왔다. 게다가 계속 기다리는 것은 아무런 의미도 없다는 사실을 나는 잘 알고 있었다.

"이미 날아갔나봐."

나는 가볍게 툭 던지며 침묵을 깨뜨렸다.

"네!"

그는 줄곧 쳐들고 있던 고개를 떨어뜨리며 대답하면서도 개의치 않고 계속 새를 주시했다. 때로는 이런 것이 서로 대치하는 상황으로 느껴졌다. 인내심을 겨루는 이런 시합에서 나는 기꺼이 패배를 감수했다.

"하지만 새가 날아가는 것을 보지 못했는데……"

그는 다소 미련이 남는 듯 고개를 돌려 다시 한 번 나무 위를 쳐다보았다.

"엄청 재빠른 놈인가봐. 날이 어두워 분명하게 보지 못했겠지."

최대한 아이의 자존심을 건드리지 않기 위해 나는 이렇게 말할 수밖에 없었다.

"그럴 리가 없는데……"

아이는 여전히 내키지 않았지만 그보다 더 그럴듯한 이유는 찾을 수 없었다.

"무슨 새예요?"

아이가 물었다.

"자오거자오구!"

얼굴에 나타난 표정으로 보아 나는 그가 이 어원커족 단어를 여태까지 들어본 적이 없다는 것을 알 수 있었다. 그는 어원커족의 전통지식이나 언어에 대해 그다지 아는 것이 없었다. 습득한 언어도 나에 비해 많이 부족했다. 어윈커족의 오랜 전통 가운데 많은 것이 노인 세대의 죽음과 함께 영원히 사라져버릴 것이라는 걸 나는 잘 알고 있었다.

우리는 어깨를 나란히 하고 텐트를 향해 걸어갔다.

방금 막 울창한 숲을 지나 숙영지로 총총히 돌아온 순록 한 마리가 내 옆을 지나쳤다. 내 몸에서 나는 땀내에 이끌렸는지 녀석은 걸음을 멈추고 축축한 코를 벌렁거리며 탐욕스럽게 그 맛을 음미했다. 나는 손을 내밀어 게걸스런 그놈의 따뜻한 입술을 손가락으로 어루만졌다.

한여름이긴 하지만 해가 진 숲 속은 그래도 엄청 쌀쌀했다. 나는 플란넬 재질의 두꺼운 상의를 여미고 아이와 함께 텐트로 들어갔다.

밤에는 비가 부슬부슬 내렸다. 가늘지만 촘촘하게 텐트를 두드리며 울리는 빗소리의 단조로운 리듬은 잠들기에 딱 알맞았다.

비몽사몽간에, 뭔가 부러지는 맑은 소리가 들렸다. 마치 싸움에 진 순록이 콩콩거리며 텐트 옆을 노기등등하게 달려가다 땅에 떨어진 나무 가장귀를 밟아 부러뜨리는 것 같은 소리였다. 아까 저녁 때 나는 일부러 썩은 나무를 밟았었다.

눈을 뜨니 텐트 안은 몸서리가 날 정도로 추웠다. 화롯불은 일찌감치 꺼져 있었다. 나는 총의 노리쇠를 당기는 맑은 금속성에 놀라 잠에서 깼다. 잠에서 깬 지 한참이 된 것이 분명한 아이는 침대에 반쯤 몸을 눕힌 채 총을 만지작거리고 있었다. 가무잡잡한 피부의 상반신을 드러내놓고 있는 그 아이는 하얀 입김이 나올 만큼 쌀쌀한 아침 추위에 놀랍게도 아무런 느낌이 없는 것 같았다.

그것은 작지만 강력한 소구경 스포팅 라이플이었다. 총신이 가벼워 휴대에 편리하고 조류나 노루 같은 작은 동물의 사냥에 적합했다.

옅은 아침 햇살 속에서 아이의 눈이 반짝이고 있었다. 아이는 화약으로 추진력을 얻는 이 간단한 기계에 모든 주의력을 쏟고 있었다. 사람들의 손을 거치면서 땀과 기름때가 스며들어 반들반들하게 붉은 빛을 띠고 있는 총의 개머리판을 어루만지고, 햇빛에 대고 총열의 강선을 살펴보고, 총의 노리쇠를 반복해서 당겨보면서 격발 장치를 테스트하고 있었다. 숙련된 동작이 진짜 사냥꾼 같았다.

그보다 더 어렸을 때 나도 총을 좋아했었다.

내 생각에 어떤 것들은 날 때부터 타고 난다. 나는 어떻게 총을 잡는지 한 번도 배워본 적이 없었지만, 세우면 내 키보다 더 컸던 할아버지의 그 영국식 쌍발 산탄 사냥총을 처음 잡았을 때, 곧바로 어떻게 조준하는지 알았다. 물론 그때는 아직 어려 총을 진짜로 쏴보지는 못했다. 할아버지는 총알에 파괴력을 더하기 위해 줄곧 스스로 탄약을 장전하시면서 화약을 많이 넣었기 때문에, 총이 격발될 때 나 같은 어린아이는 가볍게 튕겨나갈 정도로 반동이 엄청났었다.

당시 할아버지에겐 총이 네 자루 있었던 걸로 기억한다. 그 쌍발 사냥총 외에도 입식 쌍발총 한 자루와 소구경 소총 한 자루가 있었다. 나머지 한 자루는 상상도 할 수 없을 만큼 아름다운 단발 사냥총이었다. 총신이 가늘고 길었으며, 개머리판의 은제 표찰에는 들오리 도안이 새겨져 있었다. 그 무렵 내가 가장 좋아했던 일은 할아버지가 빈 탄피에 탄약을 채워 넣을 때 그 옆에서 그 총의 은제 표찰을 어루만지는 것이었다. 지금까지도 나는 그 표찰이 산화하여 거무스름해지면서도 오히려 질박한 빛을 발하던 것을 기억하고 있다. 표찰에는 넓은 갈대밭을 배경으로 들오리 두 마리가 날개를 펼치고 날아오르려 하는 모습이 도드라져 있었다.

그 총은 할아버지의 전우가 선물한 것이었다. 할아버지는 보물처럼 여기며 잘 사용하시지 않았다. 보통은 총집에 넣어서 시렁 같은 곳에 보관하시다가 가끔 꺼내서 닦고 기름칠을 했다. 나도 그때가 되어서야 구경할 기회를 갖곤 했다.

어쨌든 나는 어릴 때부터 총이 존재하는 이유를 알고 있었다. 살아 있는 들짐승을 쏘아 죽이는 것이다. 들짐승들은 인류에게 필요한 육식, 즉 동물성 지방과 단백질의 공급원이다. 큰 동물이라고 해봐야 노루 정도가 고작이지만, 나는 내가 동물들을 얼마나 많이 쏴 죽였는지 분명하게 기억하지 못한다.

나중에 나는 뜻밖의 사건 때문에 이승에서 다시는 동물에게 총을 쏘지 않게 되었다.

어느 봄날이었다. 나는 뭐라도 만나면 언제든 쏠 수 있도록 소구경 소총을 메고 한가로이 돌아다니고 있었다. 얼마간 시간이 흘러 나무 위에 있는 그 새를 발견했다. 지금은 그 새가 어떤 종인지 분명히 기억하지 못하지만, 아마도 막 북방으로 돌아온 지빠귀과의 철새였을 것이다. 나는 총을 들어 조준하여 한 발에 쏘아 떨어뜨렸다. 그리고 신바람이 나서 포획물을 주우러 달려갔다. 나는 그때까지 기적 같은 것을 믿지 않았었다. 그러나 내가 그 새의 가늘고 긴 다리를 주어 올리려는 순간, 그 조그만 새의 몸에 헐렁했던 커다란 깃털들이 순식간에 벗겨지며 바람에 흩날렸다. 두툼하면서도 다채로웠던 깃털을 잃어버리자, 방금 전까지 나뭇가지 위에서 민첩했던 생명이 갑자기 이토록 앙상하고 초라하게 변할 줄이야! 조금 전까지 내가 봤던 그 새가 아니었다. 나는 몸에 지니고 있던 사냥칼로 나무 밑에 작은 구덩이를 파고 새를 묻어주었다.

그 뒤로 여러 해 동안 다시는 총을 쏘지 않았다.

대략 10여 년 전 산 위의 숙영지에 있을 때였다. 어느 날 나는 거라와 함께 잃어버린 순록을 찾아 나섰다. 우리는 산골짜기 관

목이 우거진 숲에서 들꿩 한 쌍을 놀라게 했다. 한 마리는 곧바로 산등성이로 날아가고 다른 한 마리는 근처 나무 위에 내려앉았다. 거라는 가지고 있던 소구경 소총으로 연속해서 세 발을 쏘았다. 10여 미터 밖 나무 위의 들꿩은 총에 맞지도 않았을 뿐만 아니라 뜻밖에 도망갈 의사도 없어 보였다. 그는 총에 문제가 있다며 고집을 피우더니, 곧바로 총을 내게 건네주었다. 술을 마신 탓인지 그의 사격 조준에 문제가 있었다. 그 무렵 나는 강한 자부심을 갖고 있던 때라 총을 받아들고는 곧바로 조준을 했다. 나는 거라의 기대와 달리 단번에 그 당당한 들꿩을 격추시켰다. 꿩은 총알에 맞고도 잠시 나뭇가지에 매달려 버티다 곧이어 아래도 떨어졌다. 그 순간 갑자기 후회가 밀려왔다. 거라는 내가 명사수라고 치켜세웠다. 사실 나는 10여 년째 백발백중의 사격 기록을 유지하고 있었다. 총을 쏘았다 하면 명중하니 백발백중임에 틀림이 없었다.

사실 거라는 알 수 없었겠지만 내가 조준한 것은 들꿩의 가슴 부위였다. 나중에 살펴보니 탄착점이 꿩의 목 부위였다. 사실은 사격이 정확하지 못했던 것이다.

그 아이는 아직도 총을 만지작거리며 일어날 생각이 없어 보였다. 어쩔 수 없이 내가 일어나야 했다. 나는 침낭에서 빠져나와 덜덜 떨며 옷을 입었다.

어젯밤 화로 곁에 두었던 송라松蘿는 이미 잘 말라 있었다. 이를 화로의 재에 잘 깔고 위에는 자작나무 껍질을 덮었다. 그런 다음 잔가지와 쪼개놓은 장작을 쌓고, 그 위에 다시 큰 장작 두 개를 올려놓았다. 맨 아래쪽 송라에 불을 붙이니 위쪽에 기름기가 많은 자작나무 껍질로 옮겨 붙으며 불길이 천천히 일어났다.

타닥타닥 경쾌한 소리를 내며 불길이 타올랐다. 텐트 안의 온도가 순식간에 확 올라갔다. 온도가 계속 올라가면서 숨쉬기도 힘들어졌다. 나는 텐트의 문발을 걷어 젖히고 환기를 시켰다. 텐트 앞 공터에 서 있던 순록 몇 마리가 내가 나오는 것을 보더니 흰 김을 내뿜으며 몰려왔다. 분명 순록들은 내게서 탄수화물 같은 먹이를 얻으려고 했겠지만, 내 손에는 빵은 고사하고 아무 것도 없었다. 나는 가볍게 순록들을 밀어낼 수밖에 없었다. 실망감만 안겨준 셈이었다.

나는 다른 텐트로 가서 빵 한 덩어리를 찾았다. 그러고는 모깃불을 피워놓은 골짜기로 천천히 내려갔다.

땅에 엎드려 있던 어린 백록이 나를 보고는 일어나 천천히 다가왔다. 다른 순록들도 내가 손에 숨기고 있는 빵 냄새를 맡고 모두 몰려왔다. 순록들은 애가 탔는지 가까이 다가와 나를 빙 둘러쌌다. 나는 어린 백록에게 다가가기 위해 어쩔 수 없이 순록들을 밀어냈다. 그러나 녀석들은 그 거절의 행위를 전혀 개의치 않고 잔뜩 기대에 차서 계속 나에게 붙어 부드러운 입술을 내 등과 팔뚝에 들이밀었다.

나는 다른 순록들을 밀쳐내며 마침내 어렵사리 백록에게 다
가갔다. 그러고는 손에 가지고 있던 빵 한 덩이를 녀석의 입에 넣
어주었다. 백록은 축축한 입술을 말아 올리며 민첩한 혀로 먹이
를 삼켰다. 녀석은 무척 조심스러웠다. 전에 경험이 없었을 때는
순록들에게 먹이를 주다가 손을 물린 적도 있었다.

백록이 입 안의 먹이를 씹는 동안 나는 쪼그리고 앉아 녀석의
다리 상처를 살펴보았다. 상처는 거의 아물어 있었다. 하지만 상
처가 치유된다 하더라도 결국에는 올가미에 걸렸던 자국이 굴레
처럼 선명하게 남을 것이었다.

내가 어린 백록에게만 관심을 쏟아 다른 순록들의 질투를 유
발했는지, 아니면 녀석들이 단지 죽 한 그릇 얻어먹으려고 그렇
게 들이밀었는지는 모르겠지만, 순록 한 마리가 측면에서 밀치고
들어와 부딪치는 바람에 내가 넘어지고 말았다. 순록처럼 사람에
게 그다지 의존하지 않는 동물에게도 그런 감정이 있는지는 확
실히 알 수 없었다.

나는 땅바닥에 주저앉았다. 눅눅한 땅바닥에는 순록들이 밤
새 싸질러 놓은 똥이 가득했다. 내 바지에도 똥이 묻었다. 그러나
순록의 똥은 냄새도 거의 나지 않고 영양분을 다 짜낸 선태나
버섯에 불과했다.

해가 떠오르면서 순록들은 두세 마리씩 짝을 지어 울창한 숲
속 깊은 곳으로 숨어들어 갔다.

흰색 어린 순록이 가장 늦게 떠났다. 녀석은 아쉬운 듯 텐트 곁을 떠나지 못하고 한참을 맴돌다가 먹이를 더 이상 얻을 수 없다는 것을 확인한 후에야 비로소 내키지 않는 걸음을 떼어 숲으로 들어갔다.

아침을 대충 해결한 아이는 먼 곳으로 흩어진 순록들을 찾으러 숲으로 갔다.

낮 동안 내내 최근에 쓴 일기를 정리했다. 교활한 어치 한 마리가 끊임없이 내려앉았다 날아오르기를 반복하며 텐트 밖에서 틈을 엿보고 있었다. 밖에다 널어 말리고 있는 육포를 훔쳐 먹으려는 것이었다.

내가 계속 쫓아내는 바람에 뜻을 이루지 못하자, 녀석은 아예 멀지도 가깝지도 않은 지점에 내려 앉아 내가 잠시도 평온하게 있을 수 없도록 끝없이 울부짖었다. 결국 나는 더 이상 참을 수가 없어 손이 가는대로 텐트 바닥에 있던 물건을 집어 던졌다. 뜻밖에도 던진 물건이 발치를 가격하자 녀석은 미친 듯이 소리 지르며 도망갔다.

걸어가 살펴보니 내가 던진 물건은 자작나무로 만든 칼집에 불과했다. 땅바닥에는 녀석의 깃털 몇 가닥이 흩어져 있다. 아주 멀리 도망가버렸다.

하지만 그 정도로는 녀석에게 충분한 징벌이 되지 못했다. 시간이 꽤 흐르고 내가 무의식중에 고개를 들었을 때, 녀석은 이미 햇빛에 널어놓은 육포 가운데 가장 큰 덩어리를 잡아 채 있는 힘을 다해 날아가고 있었다. 최소한 물체의 체적 정도는 판단할 수 있는 것을 보면 그 새의 지능이 그렇게 낮지만은 않은 듯했다. 녀석은 아무런 소리도 내지 않고 살며시 숨어 들어와 도둑질을 성공적으로 완수한 셈이었다.

나는 예전에 음식을 훔쳐 먹던 어치 한 놈을 혼내준 적이 있다.

그 무렵 녀석은 걸핏하면 숙영지로 날아와 음식을 훔쳐 먹곤 했다. 음식만 훔쳐 먹었다면 그러려니 했을 것이다. 하지만 점점 대담해지고 실력도 좋아지면서, 건방지게도 텐트 안까지 파고들었다. 한 번은 놀랍게도 자신의 소장품으로 삼으려 했는지 내 카메라의 렌즈 뚜껑을 물어 가려 했다. 내가 제 때에 발견해 미친듯이 소리를 질러 내쫓지 않았다면, 황당하게도 그 좀도둑 녀석에게 렌즈 뚜껑을 잃어버리고 다시는 카메라 뚜껑을 만져보지 못했을 것이다. 녀석에게 반드시 교훈을 줘야겠다고 생각했다. 그리하여 밖에다 육포로 조그만 함정을 설치하여 녀석을 포획했다. 나는 결코 녀석에게 상해를 끼칠 생각은 없었으므로 아예 엎어놓은 바구니에 녀석을 온종일 가둬두었다. 그리고 생각만 나면 바구니 앞으로 달려가 바구니를 걷어차고 소리를 질러댔다. 아무튼 녀석의 육체를 상하게 하는 것을 제외하고 할 수 있는 모든 정신적 학대 방법을 다 동원했다. 황혼 무렵에 나는 바구니를 열고 녀석을 놓아주었다. 더 오래 가둬두었다면 탈수로 죽었을 것이다. 녀석은 까마귀과의 새들이 결코 따라갈 수 없는, 매가 공격할 때와 같은 속도로 재빨리 달아났다. 나는 녀석이 그 일을 통해 그 뒤로 사람들의 숙영지를 멀리 할 만큼 충분히 정신적 상처를 받았을 것이라고 생각했다.

녀석에겐 그 일이 좋은 경험이기도 했다. 그런 일이 없었다면 진즉에 사람들에게 잡혔을 것이고, 그때는 이번만큼 행운이 따르지 않았을 것이다. 그리고 결과적으로 그 방법이 확실히 효과가 있다는 점이 증명되었다. 녀석은 그 뒤로 다시는 숙영지에 나타나지 않았다.

어떻게 하면 그 좀도둑을 다시 잡을 수 있을까 궁리하는 동안 날이 이미 많이 어두워졌다. 시계를 보니 벌써 저녁 7시가 지나 있었다.

나는 녀석이 곧 나타날 것이라고 생각했다. 쓰러진 나무 앞으로 걸어가 천천히 앉았다. 매일 이 시간이 되면 나는 그 위에 앉아 그 새가 지저귀는 소리에 귀를 기울였다. 한동안 기다려봤지만, 고요한 숲속에 그 새가 급박하게 지저귀는 소리는 울리지 않았다. 나는 새에게 다른 일이 생겨 지체되는 것이라며 스스로를 위로했다. 사실 그 새가 매일 찾아오는 것도 아니었다.

얼마 후 아래쪽 골짜기에서 총소리가 울렸다. 총알이 공기를 가르는 소리는 아주 맑았다. 조용한 숲에서 소리는 아주 멀리 퍼져 나갔다. 심지어 듣기에도 너무 좋았다. 소구경 소총 같았다. 나는 아이가 무슨 사냥감을 발견했을 것이라고 추측했다. 아마도 노루 같은 짐승일 것이다. 며칠 전 저쪽 숲에서 개울가를 걷고 있을 때, 노루 두 마리가 휙 스쳐 지나가던 모습을 본 기억이 났다. 노루들이 총알을 피해 달아났기를 바랄 뿐이다.

7시 30분이 지났는데도 새는 여전히 나타나지 않았다. 이 시간 이후로 새가 왔던 적은 없다. 숙영지에서 생활하는 동안 나는 이미 그 새의 습관을 세세히 파악하고 있었다. 몸을 일으켜 텐트로 가 불을 피웠다.

다시 텐트에서 나와 땔감을 옮길 때 아이가 어두운 숲에서 걸어 나오는 것이 보였다. 걸음걸이가 몹시 피곤해 보였다. 그의 몸속에 어원커족 중에서 가장 우수한 사냥꾼의 피가 흐르고 있다고는 하지만, 그래도 그는 열세 살 난 아이에 불과했다. 타터우塔頭 습지의 넓게 펼쳐진 숲에서 하루종일 걸었으니 틀림없이 기진맥진할 것이다. 나는 아이의 어깨 위에 노루가 얹혀 있지 않은 것을 보고 한시름 놓았다.

아이는 나를 보더니 갑자기 웃음을 지으며 달려왔다. 아이의 머리에는 숲을 통과할 때 스쳤을 침엽수의 잎이 그대로 꽂혀 있었다. 순진한 웃음은 산속 개울 속에 흐르는 모래처럼 불순물이 없었다. 아이는 다가와 나를 향해 왼손을 펼쳐 보였다. 손 안에는 그가 잡은 조그만 사냥물이 평온하게 몸을 웅크리고 있었다. 어릴 때 나도 아직 피가 뚝뚝 떨어지는 따뜻한 포획물을 들고 집으로 달려가 할아버지에게 보여주면서 그러한 기쁨을 누려본 적이 있다. 내 첫 번째 포획물이 댕기물떼새였던 것을 아직도 기억하고 있다.

아이가 어떤 포획물을 가져 왔는지, 솔직히 말해 나도 자못 궁금했다. 지난번 함께 산 위 숙영지에 왔을 때 아이는 놀랍게도 긴꼬리올빼미 한 마리를 쏘아 떨어뜨렸었다. 좀처럼 모습을 드러내지 않는 이런 소형 맹금에 대해, 나는 중국에서 맹금과 관련된 연구를 하는 전문 학자들이라 해도 최근 몇 년 사이에야 비로소 이런 새들이 다싱안링大興安嶺 지역에 서식한다는 사실을 알게 되었을 것이라 생각한다.

아이가 펼친 손바닥 위에서 나는 마침내 어린 새끼처럼 보이는 새 한 마리를 분명히 보았다. 갈라진 발톱에 눈을 반쯤 뜬 채 죽어 있는 새는 비율에 따라 축소한 야행성 맹금류와 많이 닮아 있었다. 처음에 나는 그 새가 칡부엉이 새끼인 줄 알았다. 하지만 나는 곧 칡부엉이와 다른 점을 발견했다. 그 새는 넓은 부리와 찢어진 입 그리고 듬성듬성 난 수염을 갖고 있었다.

나는 그게 뭔지 알아차렸다.

사실 나도 쏙독새를 실물로 제대로 본 적이 없었다. 조류도감에서 사진으로 봤을 뿐이다. 하지만 나는 이내 아이가 손에 받쳐 들고 있는 것이 바로 나의 쏙독새임을 알아보았다. 녀석은 숙영지 근처로 날아오던 길목에서 휴식을 취하다 아이에게 격추되고 말았던 것이다.

이제 더 이상 황혼 무렵 녀석이 지저귀는 소리를 듣지 못할 것이다.

포두
佛肚

성커이
盛可以

사립문은 잠겨 있지 않았다. 아가씨는 사립문을 밀어젖히고 갓 싹이 돋은 풀들 사이로 난 작은 돌길을 밟으며 푸른 등나무로 가득 뒤덮인 목조 건물을 향해 걸어갔다. 그녀는 우울한 분위기의 남방 아가씨로 연약하면서도 우아했다. 말아 올린 타래머리에 세련된 검정색 상의와 치마가 깔끔하고 대담했다. 새하얀 피부는 먹구름 속에서 비치는 햇빛 같았다. 하지만 얼굴에는 따뜻한 기색이 전혀 없어 햇빛 아래의 얼음 같았다.

여관의 이름은 수거水居였다. 사람을 편안하게 해주는 단어다. 물론 이번 여행은 관광이나 휴양이 목적이 아니라서 그녀는 숙소가 어떻든 그다지 개의치 않았다. 사실, 그녀는 이미 사물의 호오에 대해 크게 마음을 쓰지 않았다. 한창 꽃다운 나이인 아가씨는 일찌감치 가슴속이 텅 비어 있었다.

석 달 전으로 거슬러 올라가보자. 봄빛이 한창 왕성할 무렵 그녀는 집을 나왔다. 뛰어내릴 가파른 절벽을 찾거나 아니면 뛰어들어 생을 마감할 호수를 찾을 작정이었다. 그녀는 이 산에서 저산으로, 여기에서 저기로 걸어 다니면서 연달아 며칠을 산속을 헤매 다녔다. 적당한 장소를 찾지 못하기도 했고 망설임 때문에 결정을 내리지 못하기도 했다. 살아 있는 작은 불씨가 잿더미 안에 묻혀 있다가 아주 중요하고 결정적인 순간에 또 다시 타오르는 것 같았다. 그리하여 아무런 목적도 없는 유랑만 남게 되었다. 어느 날 해질 무렵 몹시 피곤했던 그녀는 갑자기 오래된 절 하나를 만나게 되었다. 두 발을 절 문 안에 들여놓는 순간, 갑자기 서글픈 마음이 들어 하마터면 주저앉아 소리 내어 울 뻔했다. 저녁에 그곳에 묵으면서 한 늙은 비구니와 함께 잠자리에 들게 되었다. 밤은 죽음처럼 고요했다. 지난날의 비밀이 유령으로 변해 어둠 속을 배회하면서 사방에서 압박해왔다. 순간적으로 호흡이 곤란해져 거의 질식할 것 같았다. 그녀는 늙은 비구니를 보살로 여기며 끊임없이 참회했다. 비구니는 아무 말 없이 듣고 있다가 방생이나 인연, 광발대원廣發大願(관세음보살의 12대원 가운데 하나로 중생의 번뇌를 건너는 방법) 같은 이야기를 해주는 것 같더니 나중에는 또 이렇게 말했다.

"내가 보기에 당신은 섬나라에 한번 가는 편이 좋을 것 같네요. 포두는 아주 성결한 곳이지요. 포두천의 신성한 물에 일곱 번씩 일곱 번, 도합 마흔아홉 번 몸을 담그면 몸과 영혼이 새것처럼 깨끗해질 겁니다."

잠에서 깨어나 보니 늙은 비구니는 보이지 않고 잠시 눈앞이 흐릿했다. 그녀는 어쩌면 보살님이 꿈에 나타난 것일지도 모른다는 생각에 마음속에 한 가닥 푸른 싹이 돋아났다. 포두에 가고 싶어졌다.

마당의 잔디밭은 이제 막 베어낸 진한 풀 냄새가 퍼지고 있었다. 방탕한 꿀벌은 꽃들과 더불어 시시덕거리며 놀기 바빴다. 꽃잎은 꿀벌에 의해 벗겨진 옷처럼 땅바닥에 아무렇게나 떨어져 있었다. 꽃나무 가지들이 오밀조밀한 꽃들이 가득 핀 팔을 내밀어 길가는 사람들을 가로막았다. 아가씨는 곁눈질도 하지 않은 채 곧장 앞을 향해 걸어갔다.

개가 나무 그늘에 있는 개집에서 뛰쳐나오자 목에 달린 쇠사슬에서 요란한 쇳소리가 났다. 금빛 털을 가진 개는 구부러진 꼬리를 화려하고 요란하게 흔들어댔다. 개는 흥분을 가라앉히고 기대에 찬 눈으로 애교를 부렸다. 그래야만 분수를 잃지 않는다는 것을 잘 알고 있는 것 같았다. 아가씨는 손에서 트렁크를 내려놓고 개한테 인사를 하려고 다가가다가 한 중년 부인이 뛰어나오는 것을 보았다. 약간 살집이 있는 편이었지만 웃으면서 허리를 숙여 인사하는 모습이 우아하게 보였다. 부인은 한 손에 트렁크를 들고 또 다른 손으로 아가씨를 잡아끌었다. 집에 귀한 손님이 찾아오는 것이 이번이 처음인 것 같았다.

부인은 중국인이었다. 30년 전에 섬나라에 온 그녀는 말투나 행동거지에 이국의 풍토가 배어 있었다. 남편이 세상을 떠난 뒤로 그녀는 비워둔 방을 객실로 꾸며 이윤과 상관없이 남편의 일을 계속하고 있었다. 그녀는 세상에 친척이 없었다. 하나 있는 아들은 남편과 전처 사이에서 난 자식이었다.

아가씨는 부인의 신세에 전혀 관심이 없었다. 그녀는 그저 포두천이 어디에 있는지, 포두에 온 사람들이 모두 죄업을 깨끗이 씻었는지, 몸과 영혼이 다시 깨끗해져 돌아가게 된다는 전설이 영험한지 알고 싶을 뿐이었다. 하지만 그녀는 참았다. 그녀는 남이 자신의 얼굴에서 마음속 비밀을 꿰뚫어 보는 것을 원치 않았다. 그녀는 이미 포두라고 불리는 이곳에 왔다. 이제 모든 것을 알게 될 터였다.

부인은 아가씨를 데리고 주방으로 갔다. 그녀의 여관에서는 아침을 손님이 직접 해결해야 했다. 아가씨는 그림자처럼 그녀를 따라다니기만 했다. 그녀가 커피 타는 시범을 보여주는 것을 보면서 이렇게 저렇게 해보고 부인이 추천하는 보리차 냄새를 맡았다. 사실 무엇을 먹고 마시든 전혀 상관이 없었지만 그녀는 애써 예의를 갖췄다.

식당 안은 아늑한 거실 분위기였다. 창틀과 복도에는 꽃이 핀 분재가 놓여 있었다. 원목으로 된 탁자와 의자는 소박하고 자연스러웠다. 탁자 위의 도자기 단지에는 작고 요염한 꽃들이 꽂혀 있었다. 벽에는 나무 액자가 걸려 있었고 액자 안에는 섬나라 말과 영어, 중국어로 쓰인 식사 시간과 주의사항에 테두리가 쳐져 있었다. 만화 그림 아래에는 KIM金이라는 서명이 있었다. 부인은 윙윙 울리는 커다란 냉장고를 열었다. 안에는 우유와 빵, 계란, 주스, 치즈, 딸기잼 등이 들어 있었다. 시고 단 것을 좋아하면 조금씩 발라 먹어도 괜찮아요. 그녀는 계란 프라이를 하는 전기 프라이팬의 스위치를 돌려 전원의 붉은 원에 불이 들어온 다음, 다시 끄는 시범을 보여주었다.

아가씨는 건성으로 부인을 따라 이 길고 지루하고 무료한 의식을 치렀다. 세탁실과 운동실, 열람실 등을 설명하는 중에 부인은 수시로 자신의 일상적인 생활 내용을 끼워 넣었다. 예컨대 남편과의 관계나 혼자서 아이를 키운 일, 여관을 처리하는 일 등이었다. 생활이 무척 평온하고 아름다워 한 순간도 권태롭지 않았다는 얘기도 했다.

아가씨는 진작부터 몹시 피곤했다. 부인의 말을 과일처럼 신선하게 유지하기 위해 그녀의 머리는 냉장고처럼 윙윙거리며 돌아갔다. 몽롱하고 졸렸다.

부인이 문을 두드렸을 때, 아가씨는 엄마가 빨리 일어나 밥 먹으라고, 등교시간에 늦겠다고 자신을 부르는 꿈을 꾸었다. 갑자기 일어나 앉은 그녀는 금세 정신을 차렸다. 정원의 화초나 나무처럼 그렇게 생기발랄한 표정을 지으며 문 입구에 흐뭇하게 서 있는 부인의 모습이 보였다.

부인의 그림자가 벽에서 한번 구부러지더니 다시 튕기듯이 일어났다. 그녀는 허리를 굽혀 인사를 하고 자리를 떴다.

아가씨는 그제야 자신이 잠을 잔 시간이 짧지 않다는 것을 깨달았다. 창밖이 이미 어둑어둑하고 집안에는 벌써 불이 켜져 있었다. 주변에서 이름 모를 곤충들이 윙윙거리는 소리가 옥수수밭과 논에서 나는 청개구리의 아주 요란한 소리와 하나로 어우러지고 있었다.

이는 아가씨에게 익숙한 여름밤으로 어렸을 적 시골과 전혀 다르지 않았다. 그녀는 갑자기 엄마가 생각났다. 아빠에게 또 다시 죽도록 얻어맞고 나서 농약을 한 병 마신 엄마는 얼굴빛이 까맣게 되어 세상을 떠났다. 그해 5학년이었던 그녀는 진작부터 아빠에 대해 거리를 두고 두려워했다. 엄마의 죽음이 그녀의 내면에 갑자기 증오심을 증폭시켰다. 이때부터 그녀는 더 이상 아빠를 부른 적이 없었다. 게다가 노름판에서 밤낮으로 노름만 하는 아빠는 하루도 안색이 좋은 적이 없었다.

뻐꾸기 소리가 밤하늘에 호선을 그리고 있을 때, 아가씨는 나무로 된 계단을 내려갔다. 공중에 떠 있는 건물 아래 정원을 지나 낮에 꽃이 피어 있던 대나무와 복숭아나무 사이의 오솔길을 따라 식당으로 갔다. 황혼의 불빛이 검은 우유 같은 끈적끈적한 밤을 씻어내고 있었다. 그녀가 지나가자 곤충들은 전부 입을 다물었다. 숨을 죽이고 아가씨를 몰래 훔쳐보면서 그녀의 미모를 부러워하는 것 같았다.

양식으로 아침식사를 한 아가씨는 그들의 습관대로 접시를 치우고, 쓰레기를 분리해 처리했다.

방으로 돌아가면서 그녀는 이층 복도에서 멀리 겹겹이 이어져 있는 산을 바라보았다. 이 나지막한 산간지역에 푸른 나무숲 속에 있는 집들은 전부 황토색 외벽에 비늘 같은 검정색 기와가 덮여 있었다. 산과 산 사이에는 얇은 구름과 안개가 덮였다. 여인의 망사 스카프처럼 조심하지 않으면 바람에 절로 날려갈 것만 같았다. 아가씨는 좋은 공기가 오장육부에까지 스며드는 것을 느꼈다. 물이 진흙에 배어드는 것처럼 오장육부의 재질을 바꾸고 있는 것 같았다. 이른 아침 새 울음소리에 깨어난 유쾌함이 마음속에 지속되었다. 그녀는 이미 여러 해 동안 밤에 잠을 자지 못했다. 수면제도 효과가 없었다. 그녀는 침실의 검고 두꺼운 벨벳 커튼을 사용했지만, 밤이면 올빼미처럼 정신과 정력이 왕성해졌다. 그녀는 사람들이 낮에 하는 일들을 밤에 했고, 낮에는 인위적인 어둠 속에서 잠을 자고 꿈을 꿨다.

아가씨는 세일러 티셔츠와 진 반바지로 갈아입은 다음, 말총머리로 머리를 묶고 미군 모자를 썼다. 발가락을 끼우는 슬리퍼를 흰색 캔버스 슈즈로 갈아 신고 가방에는 수영복을 넣었다. 그렇게 포두천을 찾아 나섰다. 돌아오는 길을 잃어버릴까봐 노선을 그리려고 종이와 연필을 가지고 갔다.

아가씨는 또다시 사슬의 쇳소리를 들었다. 누렁이는 처음 만났을 때처럼 흥분 속에 부끄러움과 긍지가 겹친 표정으로 쇠사슬이 팽팽해지도록 끝까지 끌고 와 그녀를 반겼다. 아가씨는 다가가 개의 머리를 쓰다듬었다. 개의 목구멍에서 나는 울음소리는 즐거우면서도 고통스러운 것 같았다. 부인은 개를 잃어버릴까 두려워 묶어두는 수밖에 없었다. 해가 작은 정원을 밝게 비추고 있었다. 아가씨는 개를 토닥여주고 작별인사를 건넨 다음, 자신이 가야 할 곳으로 갔다.

길에서 헝클어진 금발머리에 깎지 않은 구레나룻을 기르고, 피부가 짙은 갈색으로 탄 외국인을 만났다. 러닝셔츠와 반바지 차림에 맨발인 그는 시골사람 같았다. 뚱뚱한 중년 부부는 고개를 들고 나무를 쳐다보면서 사진을 찍고 있었다. 눈앞의 식물에 대한 호기심이 가득했다. 그들의 하얀 피부는 이미 햇볕에 타서 옅은 분홍빛을 띠고 있었다.

'이들도 포두천의 명성을 듣고 찾아온 건가? 이들도 씻는 건가? 겉으로 봐서는 알 수가 없네.'

아가씨는 머리를 파묻고 깊은 생각에 빠졌다. 하지만 눈 깜짝할 사이에 또 누구의 죄업이 얼굴에 다 나타나 남들이 한 눈에 알아볼 수 있단 말인가 하는 생각이 들었다.

아가씨는 흐르는 시냇물을 따라 걸었다. 볏모가 막 자라나 자리를 잡는 시기였다. 백로 두 마리가 밭 사이로 날아올라 조금 멀리 떨어진 곳에 내려앉았다. 이름을 알 수 없는 야생화들이 딱 좋게 피어 있고 잘 익은 오디는 보랏빛으로 변해 있었다. 나무에는 복숭아가 가득 달려 있고 옥수수는 마디가 생기고 있었다. 농가에는 운치가 넘쳤다. 시냇물은 갈대와 잡초 밑을 지나 담녹색 호수로 흘러 들어갔다. 아가씨는 호숫가를 따라 반 바퀴쯤 걸어갔다. 시냇물은 여태까지 시선을 끌지 못했던 바위틈에서 흘러나와 아주 얕고 투명하게 흘렀다. 어쩌다 물고기 한 마리가 필사적으로 상류로 거슬러 올라가다가 제자리로 쓸려 가면 또 다시 역행을 시도했다. 물고기는 평온한 호수 상류로 돌아가고 싶다는 영원히 실현될 수 없는 꿈을 꾸고 있었다.

산길은 위를 향해 굽이굽이 돌아쳤고 시냇물은 깊은 계곡 사이에 있었다. 얼핏 보면 고요하게 멈춰 있는 흰 비단리본 같았다. 산비탈에는 장밋빛 꽃이 피어 있었다. 꽃송이마다 두 장씩 나비 날개 모양의 꽃잎이 달려 있었다. 무리 지은 나비들이 나뭇잎에 멈춰 있는 것처럼 보였다.

해는 사라졌다 나타나기를 반복했다. 새 울음소리는 돌멩이가 산속을 구르는 것 같았다.

오는 길 내내 주변이 신선하다보니 아가씨는 피곤한 줄도 몰랐다. 포두천은 아직 그림자도 보이지 않았다. 길가에서 마을 사람들에게 물었지만 말이 통하지 않아 원하는 대답을 얻지 못했다. 또 금발머리에 파란 눈을 가진 외국인을 몇 명 만났다. 그들은 손을 흔들면서 안으로 걸어가면 오래된 마을이 하나 있고, 또 폐허가 된 절의 옛터가 있다고 말했다. 거기서 더 가다보면 바다가 나온다고 했다.

아가씨는 고맙다고 인사하고 방금 전처럼 앞으로 걸어 나갔다. 달라진 게 있다면 걸음걸이가 훨씬 빨라졌다는 것이다. 반시간을 걷자 외국인이 말한 마을과 폐허로 변한 절이 보였다. 다시 20분을 걸어 해변에 도착했다. 아가씨는 이런 바다를 본 적이 없었다. 물은 연한 파란색에서 점점 짙은 남색으로 변했다. 물과 하늘이 맞닿은 곳은 짙은 먹색의 수평선을 이루고 있었다. 아가씨는 신발을 벗어 손에 들고 맨발로 얕은 물속을 걸어갔다. 바닷물은 박하향이 나는 음료처럼 투명하게 맑고 차가웠다. 그녀는 앉아서 바람이 해면을 밀치는 모습을 보고 파도가 암초를 때리는 소리를 들었다. 광활함 속에 오래 빠져 있다보니 포두천도 잊고 자신도 잊어버렸다. 잠시 앞으로 돌아가 처음부터 끝까지 지난 일들을 생각해보았다. '아빠는 나쁜 사람이 아니었어. 나쁜 건 성격이었겠지.' 이러한 결론에 멈춰버린 그녀는 거기서 벗어날 수 없었다.

연이어 며칠 동안 아무런 소득도 없었다. 아가씨는 오히려 이 일이 재미있다는 생각이 들었다. 이런 지경에 이르렀으니 그녀는 자신의 성격대로 마지막까지 완주해야 했고 마지막 한 가닥 희망을 버릴 수 없었다. 그녀는 입을 열어 부인에게 도와달라고 청할 사람이 아니었다. 그녀가 보기에는 '포두천'이라는 세 글자만 말해도 자신이 깨끗하지 않다고 말하는 것과 같았다. 그녀의 모든 비밀은 어둠 속의 늙은 비구니에게만 털어놓았었다. 그녀와 비구니는 서로 상대방의 진정한 모습을 알지 못했다. 성이 무엇이고 이름이 무엇인지 어디서 와서 어디로 가는지도 알지 못했다.

부인은 한가하게 남의 일에 관여하지 않았고 의심의 눈빛으로 사람들을 유추하지 않았다. 여태까지 꼬치꼬치 캐물은 적도 없었다. 그녀는 그저 빙긋이 웃으면서 아가씨가 여관에 들고 나는 모습을 조용히 지켜보면서 맛있는 음식을 준비하고 본분에 맞는 일만 했다. 그녀는 아가씨가 흥미를 갖는 주제에 오래 머물 줄도 알았다. 그녀의 활달하고 남을 잘 이해하는 성격 덕분에 아가씨는 오래 머물러도 성가시지 않았다. 수면도 거의 정상으로 회복되었다.

이날 아가씨는 거의 정오가 다 되어서야 잠자리에서 일어났다. 세수를 마치고 얼굴에 크림을 바르고 가볍게 두드린 다음, 수정처럼 반짝이는 슬리퍼를 끌고서 식당으로 점심을 먹으러 갔다. 그녀는 머리를 감고 나서 마른 수건으로 머리카락이 충분히 양분을 흡수할 수 있도록 싸매고 있었다. 공교롭게도 흰색 면 재질의 긴 치마까지 어우러져 아랍인처럼 보였다. 여관에는 다른 손님이 없었지만, 부인은 그녀의 자유로운 옷차림이 적절치 않다는 생각은 하지 않았다. 아가씨는 부인이 자신을 좋아한다는 것을 잘 알고 있었다. 부인은 그녀에게 어머니의 자애와 너그러운 모습을 보였다. 그녀의 밥그릇에 음식을 집어주고 국을 퍼주었으며 가장 맛있는 김치를 내주었다. 딸을 대하듯이 그녀를 아껴주었다.

아가씨는 줄곧 부인과 엄마가 약간 닮았다는 생각이 들었다. 어쩌면 세상 엄마들의 숨결은 모두 같은 것인지도 몰랐다.

식당으로 들어간 아가씨는 자신도 모르게 깜짝 놀랐다. 식당에는 부인 외에 흰 옷을 입은 소년 하나가 더 있었다. 아주 깔끔하고 귀여운 소년이었다. 이른 아침 이슬이 맺힌 작은 나무 같았다. 소년은 아가씨를 보자 얼른 테이블에서 일어나 두 발을 단정하게 모으고 깍듯이 허리를 굽혀 인사했다. 나이는 대략 스물 안팎쯤 되어 보였다. 곱슬곱슬하고 검은 머리칼이 귀를 가렸고 희고 깨끗한 피부에 잘생긴 소년이었다. 작은 사슴 같았다. 소년은 애니메이션 만화가 그려진 흰색 티셔츠와 무릎까지 오는 커피색 반바지를 입고 있었다. 신발은 흰색 캔버스화였다. 아가씨는 그의 신발 양쪽에 붙은 별을 보고서 두 사람이 같은 브랜드의 신발을 신고 있는데다 스타일과 색깔마저 똑같다는 사실을 알게 되었다.

토스터에서 '탕' 하고 뭔가 튕기는 소리가 나자 소년은 재빨리 몸을 돌려 잘 구워진 식빵을 꺼내 흰색 도자기 접시에 담은 다음 탁자에 내려놓았다. 그러고는 다시 한 번 허리를 숙여 인사하고 식당을 나갔다.

그가 바로 액자 속에 KIM이라고 서명을 한 사람이었다. 부인의 남편과 전처 사이에 난 아들이었다.

목줄이 풀린 누렁이는 온 정원을 뛰어다니며 자유를 만끽했다. 아가씨가 나오는 것을 본 개는 작은 가죽 공을 물고 달려와서는 칭찬을 기다렸다. 아가씨는 가죽 공을 빼내고 개의 머리를 쓰다듬으면서 칭찬을 해주었다. 손이 가는 대로 공을 멀리 던지자 개는 재빨리 쫓아갔다. 아가씨는 KIM이 맨발로 풀밭에 앉아 있는 것을 보았다. 바람이 스치자 시든 꽃이 떨어졌다. 그녀가 그를 바라보자 그는 얼른 일어나 반듯하게 그녀를 향해 허리를 숙여 인사를 했다. 얼굴에는 거의 미소를 띠고 있지 않았지만 그렇다고 냉담하지도 않았다. 눈 안은 적막하고 어두운 밤이었다. 바람도 없고 그림자도 없었다.

아가씨도 허리를 숙여 답례하는 수밖에 없었다. 자신의 동작이 정확하지 않은 것 같아 약간 민망했다. 오늘 그녀의 치장은 소녀 같았다. 머리에는 민국民國시대 스타일의 파나마 모자를 썼고 옷은 셔츠에 잔 꽃무늬가 있는 면 재질의 민소매 원피스를 입었다. 발은 여전히 흰색 캔버스화였다.

"개를 데리고 같이 나가도 될까요?"

그녀가 비켜가면서 몸을 돌려 물었다.

KIM은 그녀의 말을 못 들었는지 천천히 개에게 사슬을 채우고는 나무 밑으로 끌고 가 묶어두고 여관을 향해 걸어갔다. 모퉁이를 돌면서 그가 고개를 돌려 한번 쳐다봤지만 아가씨는 이미 밖으로 나가 사립문을 닫은 터였다. 눈 깜짝할 사이에 그는 이층 복도로 가서 몸 절반을 넓은 기둥 뒤에 숨기고 아가씨가 천천히 산 속 오솔길로 사라지는 모습을 주시하고 있었다. 그는 멀리 아무 것도 보이지 않을 때까지 쳐다보다가 몸을 돌려 아가씨의 방으로 들어가 나무 격자문을 닫았다.

그는 눈을 감고 심호흡을 했다. 담배를 피우는 사람이 콧구멍으로 담배연기를 뱃속에 빨아 넣는 것 같았다. 화장품과 바디샴푸, 향수 등 혼합물의 잡다한 냄새를 걸러낸 그는 정확하게 그 여성호르몬의 냄새를 족집게처럼 뽑아냈다. 이어서 그는 옷장을 열어 일일이 냄새를 맡았다. 마지막으로 아가씨의 브래지어에 얼굴을 묻었다. 슬프면서도 울음소리를 내지 않으려는 사람처럼 보였다.

이렇게 천천히 오랫동안 있다가 옷들을 원상태로 정리하고는 옷장 문을 닫았다. 그는 침대에 드러누워 손을 팬티에 집어넣었다. 하지만 재빨리 다시 꺼냈다. 자신에게 아가씨의 방에 더러운 물건을 남기는 것을 허락할 수 없었다. 그는 다시 일어나 탁자 위의 작은 병과 매니큐어, 향수, 로션 등을 이리저리 살펴보다가 거울을 보면서 투명 립글로스를 발랐다. 작은 물건들을 전부 가지고 논 그는 이어서 서랍을 열었다. 검은 가죽 일기장 한 권이 그에게 극도의 흥분을 가져다주었다. 그는 개미 한 마리를 집어 들 듯이 일기장을 펼쳐 딱딱한 아이스크림을 빨듯이 천천히 음미하기 시작했다.

"……더 이상 아빠를 미워하지 않게 되었을 때, 언젠가 이 때문에 실컷 괴로움을 당하게 될 것이라는 것은 생각지도 못했다. 그날 나는 아빠의 발병을 내 눈으로 직접 보고 있었지만 증오가 나를 제자리에서 꼼짝도 못하게 못박아두었다. 아버지의 손이 허공을 내젓고 있는데도 나는 아버지에게 약을 가져다주지 않았다. 그저 냉담하게 아버지가 고통스럽게 경련을 일으키다가 더 이상 몸을 움직이지 않을 때까지 지켜보고 있었다. 그 순간 나는 내가 엄마를 위해 복수했다고 생각했다. 냉담하고 잔혹한 사람은 이렇게 고독하게 죽어버리는 게 어울렸다. 그해 나는 중학교 2학년이었고, 이때부터 악惡의 후과後課에 빠져들게 되었다. (…) 주위의 이웃들이 아버지의 장례를 치러주었다. 나는 눈물 한 방울도 흘리지 않았다. (…) 아버지의 얼굴이 황토에 완전히 묻히면서 이 세상에서 마지막 가족이 사라졌다. 나는 오히려 즐거웠다. 나는 자유로워졌다. (…)"

점심식사는 변화가 그리 크지 않았다. 김치와 야채샐러드, 건

두부 무침, 김밥, 소고기국, 삼겹살찜 등 부인이 특별히 만든 음식들로 채워졌다. 오늘이 단오절이었기 때문이었다. KIM은 숨을 죽인 채 식사를 했다. 동작은 극도로 빨랐지만 여전히 품격을 잃지 않았고 테이블을 떠날 때에는 허리를 숙여 인사도 했다. 아가씨는 전처럼 답례했다. 이제 그녀는 허리를 굽혀 인사할 때도 모양새가 제법 그럴듯했다. 자리에 앉은 그녀가 이번에는 참지 못하고 부인에게 물었다.

"저 소년은 왜 말을 안 하는 거죠?"

"꼭 해야 할 말이 없으니까요."

부인이 미소를 지으며 말했다.

"이 점이 우리의 감정에 영향을 주진 않아요."

아가씨는 이어서 삼겹살 찜을 먹으면서 부인이 뭔가 얘기를 더 해주기를 기다렸다.

"아가씨, 혹시 외출할 게 아니라면, 그리고 관심이 있다면 내 반평생 얘기를 들려줄게요. 무엇이 고생이고 사는 게 무엇인지, 더러운 게 무엇인지 말이에요……"

부인은 나이프와 포크, 그릇과 젓가락을 정리한 다음 몸을 돌렸다. 아가씨는 부인이 깨끗하지 않은 꼬리를 질질 끌고 있는 것을 보았다.

"나는 스물다섯에 이곳에 와서 다시는 돌아갈 생각을 하지 않았어요."

아가씨는 포두천을 생각하고 있었다. 아직 몇 군데 가보지 않은 곳이 남아 있었다. 몇 마디 부연설명만 하고서 공기와 젓가락을 내려놓은 그녀는 절반 정도 남은 보리차를 마시고 식당을 나와 채비를 갖춰 출발했다.

그 호수를 지나자 눈길이 갈대숲을 벗어났다. 아가씨는 KIM이 돌을 주워 호수에 던지는 모습을 보았다. 누렁이는 물가까지 쫓아가 멈춰 서서는 꼬리를 흔들며 수면의 파문을 향해 짖어댔다.

아가씨는 잠시 서 있다가 바닥이 드러나 있는 산비탈로 걸어 내려갔다. 작은 갈대숲을 가로질러 호숫가에 도착했다. 누렁이가 나는 듯이 달려와서는 땅에 뒹굴며 애교를 떨었다.

KIM이 던진 돌멩이는 통통통 수면 위를 빠르게 튕겨져 갔다.

아가씨가 돌멩이 하나를 던지자 호수 한가운데에 걸쭉한 물방울이 튀어 올랐다. 개가 짖는 소리 속에서 고요함이 메아리 쳤다.

아가씨가 다섯 번을 연이어 수면을 깨뜨리자 KIM이 그녀에게 평평하게 생긴 돌멩이를 건네주고는 허리를 굽혀 시범을 보여주었다. 아가씨가 몸을 기울여 손에 들고 있던 돌멩이를 던지자 돌멩이는 연달아 세 번 수면을 때리고 나서 물속으로 가라앉았다. 이 작은 성공이 아가씨를 즐겁게 해주었다. 그녀는 KIM이 곧 뭔가 말을 할 것이라고 생각했다. 아가씨가 허리를 굽혀 돌멩이를 주우려 할 때, KIM은 이미 갈대숲을 지나 언덕을 오른 다음, 대로변을 걸어가고 있었다. 그는 누렁이를 아가씨에게 남겨두었다.

황혼 무렵 아가씨가 집으로 돌아갈 때, KIM은 또 다시 호숫가에 앉아 있었다. 마지막 석양이 산봉우리 틈을 비집고 나와 그의 등을 때렸다. 그는 황금 조각상이 되었다.

아가씨가 누렁이를 풀어주자, 개는 KIM을 향해 뛰어갔다.

호수는 마노 장식처럼 둘레에 자갈들이 테를 두르고 있었다.

"……엄마가 돌아가시고 나서 꼬박 2년 동안 나는 아무 말도 하지 않았어. 매일 이를 악물었지."

아가씨가 말했다. 몹시 지쳐 있던 그녀는 아예 비탈진 자갈밭에 누워버렸다.

"설마 너도 나처럼 친아버지를 죽이려고 했던 거니? 나중에서야 아버지가 죽어선 안 되는 거였다는 생각이 든 거야?"

아가씨는 하늘을 쳐다보았다. 구름의 주황색 테두리가 점점 어두워지고 있었다. 그녀는 눈을 감았다. 곤충 날개가 미세한 바람을 일으켰다. 갈대숲이 뭔가 부서지는 소리를 냈다.

KIM은 누렁이의 털을 빗질하고 있었다. 누렁이는 혀가 쭉 나와 있었다.

"……난 후회하고 있어. 아빠가 죽어서가 아니라, 갑자기 의지할 사람과 경제적인 지원이 사라졌기 때문이야. 나중에서야 아빠가 결코 나쁜 사람이 아니란 걸 알게 됐지."

아가씨는 자기 팔로 머리를 받치고 있었다. KIM은 그녀의 오른쪽 대각선 방향에 있었다.

"아빠는 나를 때린 적이 없었어. 하지만 나를 냉담하게 대했지…… 아주 냉담하게 가축을 대하듯이."

"……누군가 내가 학교에 다닐 수 있도록 물질적인 지원을 해주고 생활비도 줬어. ……아무도 모르지만 그는 내 몸을 사용했지. 나는 열여섯 살에 임신을 했어. 두 번이나 낙태를 했지. …… 대학에 합격하고서야 나는 그에게서 벗어났어. 하지만 더렵혀진 청춘은 영원히 내 것일 수밖에 없어."

아가씨가 잠시 애기를 멈추자 KIM이 호수를 향해 돌멩이를 던졌다. 그는 진작에 아가씨의 일기장을 통해 이런 사실들을 다 알고 있었다.

장마철이 시작돼 비는 일주일째 계속 내리고 있었다. 하늘색은 시든 잎처럼 암녹색이었다. 처음 이틀 동안은 비를 보고 빗소리를 들으면서 비와 더불어 정을 주고받을 수 있었지만 사흘째가 되면서 비가 귀찮아졌다. 아가씨는 우산을 들고 나갔다가 얼마 지나지 않아 치마가 젖어서 하는 수 없이 돌아와야 했다. 방안에 한참을 틀어박혀 있다보니 두세 번 뒤적거린 끝에 열람실의 중국어 책을 다 읽었다. 혼자서 활동실에 들어가 벽을 마주하고 탁구를 치기도 했다. 공이 벽에 부딪히는 소리가 똑딱거리는 시계소리 같았다. 빗물이 유리창을 씻어주고 나무 그림자를 흔들었다. 부인이 갑자기 활동실로 들어왔다. 아가씨와 함께 놀아주

려는 것 같았다. 그녀는 칠판에 적혀 있던 점수를 깨끗이 지우면서 자신이 대학생 시절에 탁구대회 단식에서 우승한 적이 있다고 말했다. 그녀는 탁구를 매우 좋아했다. 이 작은 공을 돌릴 때면 자신의 운명을 장악하고 있는 것 같았다. 지금껏 그녀는 모든 것이 그렇게 뜻대로 되지 않았다.

과연, 부인은 라켓을 한번 휘두르자마자 젊어졌다. 옛날의 기초가 아직 남아 있는 것 같았다. 아가씨는 부인이 자신처럼 왼손잡이에 셰이크핸드그립으로 동작의 폭이 크고 스매싱에 힘이 있다는 것을 알게 되었다. 하지만 두 게임을 치고 나자 씩씩 가쁜 숨을 몰아쉬면서 낯빛이 새파랗게 질렸다.

"내가 아가씨처럼 젊었을 때는 한 시간을 쳐도 그저 예열하는 셈이었는데 이제는 안 되겠어요. 몸이 늙어버렸어."

부인이 점수를 흑판에 적었다.

"2 : 0, 세월은 사람을 봐주지 않네요. 몇 십 년 뒤로 돌린다면 승패를 예측하기 어려웠을 텐데요."

비가 지쳤는지 다소 잦아들면서 천천히 내렸다. 하늘도 덩달아 조금 밝아졌다. 하지만 이는 더 세차게 내리기 위한 준비일 뿐이었다.

부인은 앉아서 쉬었다. 얼굴에 혈색이 돌자 유쾌하게 입을 열었다.

"아가씨 몸에서 젊었을 때의 나를 보는 것 같아요. 물론, 본질적으로는 나를 닮지 않았지만 말이에요. 아가씨는 아주 고귀하고 품위가 있는 사람 같아요."

아가씨는 엉덩이를 탁구대에 기대고 서서 손톱으로 공에 묻은 얼룩을 떼어내고 있었다.

아주 잠깐 부인은 미소를 지으며 아무 말도 하지 않았다. 눈길로 아가씨의 몸에서 뭔가 적절한 단어를 찾으려는 것만 같았다.

"아가씨는 좋은 집에서 태어난 아이였을 것 같군요. 레이스가 달린 흰 양말에 검은 가죽구두를 신고 자랐겠지요. 어렸을 때는 많은 사람이 예뻐하고 커서는 많은 사람이 구애를 했겠지요."

"좋은 집안에서 태어난 아이라고요?"

아가씨는 부인을 힐끗 쳐다보고는 계속해서 공에 묻은 검은 얼룩을 떼어냈다.

"아, 제가 받은 관심은 개 한 마리보다도 못해요."

아가씨는 탁구공을 뚫어지게 쳐다봤다. 위에 있는 얼룩을 평가하고 있는 것 같았다.

"저와 아빠는 쥐와 고양이 관계였어요. 저는 아빠를 보기만 하면 숨었죠. 어쩔 수 없었던 것이 아니라, 절대 한 공간에 가만히 있을 수 없었거든요. 저는 밥 먹을 때가 가장 두려웠어요. 아빠와 가까운 거리에서 마주봐야 했으니까요. 아빠는 밥 먹을 때에도 화를 내지 않는데도 위엄이 있는 모습이었어요. 저는 아빠와 눈빛을 마주치지 않으려고 무척 노력해야 했어요. 조심해서 음식을 집었고 소리 내지 않고 씹었어요. 감히 쌀알 한 톨 흘릴 수 없었지요. 생각해보면 그때가 제 인생에서 가장 긴 시간이자 가장 불안한 시간이었어요. 저는 가끔씩 핑계를 대고 식탁에 가는 것을 피했어요. 차라리 한 끼를 굶는 게 나았지요. 그리고 나서 몰래 가서 남은 찬밥과 반찬을 먹었어요."

아가씨의 손이 부인의 손에 쥐어져 있었다.

"모든 사람이 자신이 세상에서 가장 불행한 사람이라고 생각하죠."

부인이 말했다.

아가씨는 손을 빼냈다. 그런 데 익숙지 않은 데다 다른 사람의 손을 잡아 자신의 온기를 전해주는 것도 배운 적이 없었다. 게다가 다른 사람의 살과 살이 닿는 것이 두려웠다. 탁구공은 아가씨의 손에서 돌아가고 있었다. 그녀는 계속해서 공에 남은 얼룩을 닦았다. 탁구공을 눈처럼 새하얀 상태로 돌려놓으려 했다.

"엄마도 아빠를 무서워했어요. 하지만 엄마는 저를 보호하려고 아빠에게 대들었지요. 때문에 항상 아빠에게 죽도록 맞았어요. 엄마는 결국 독약을 마시고 병원에서 돌아가셨어요."

아가씨는 잠시 말을 멈췄다. 입술이 말라 바짝 달라붙은 것 같았다. 다시 말을 하려고 입술이 뗐지만 약간 힘들어 보였다.

"그때부터 시작이었죠. 저는 걸핏하면 엄마를 찾는 꿈을 꾸기 시작했어요. 저는 아빠를 증오했고 아빠가 드시는 약을 감춰버렸어요. 갑자기 아빠의 병이 도졌고 저는 아빠가 조금씩 죽어가는 것을 바라봤어요. 솔직히 말하자면 저는 살인자예요."

하늘이 나뭇잎보다 더 어두워졌다. 비가 세차게 퍼붓기 시작했다. 그저 요란스럽게 울리는 소리만 들렸다.

"나중에, 아무도 저를 가르치거나 관여하지 않았어요. 점점 자랐고 무지와 혼란이 뒤섞인 청춘기에 들어서서 임신과 낙태가 이어졌지요. 순결도 없었고 아름다움도 없었어요. 그저 어두운 거래만 있었을 뿐이죠."

아가씨가 말하는 소리가 빗소리에 묻혔다. 그녀는 여전히 한 자 한 자 또렷하게 말하고 있었다.

"그 오염된 청춘은 영원히 제 몫이에요. 영원히 벗어날 수 없어요. 저는 항상 모든 것을 처음부터 다시 시작할 수 있다는 상상을 해요. 영혼과 육체가 모두 새롭게 시작될 수 있다는……."

"봐요, 비가 멎었어요."

부인이 아가씨의 말을 끊고 손으로 창밖을 가리켰다. 노을이 주황색 찬란한 빛을 부인의 얼굴에 뿌리고 있었다. 주름살이 웃음으로 전부 활짝 펴졌다.

"여기는 폭우가 지나면 항상 이래요."

아가씨는 밖으로 나가 부인과 함께 나란히 창가에 섰다. 그녀는 타는 듯한 붉은 빛 속에서 잠시 침묵하다가 다시 입을 열었다.

"사실 저는 포두를 찾아 온 거예요."

"나는 한 번도 이런 풍경을 놓친 적이 없어요."

부인은 계속 그 속에 빠져 있었다.

"생각해보니 이미 찾은 것 같아."

아가씨가 자신에게 말했다.

일주일 후 갑자기 부인이 죽었다. 아가씨는 부인이 중병에 걸린 환자라는 사실을 전혀 알지 못했다. 그녀는 주방 바닥에 넘어져 있었고 손에는 물방울이 뚝뚝 떨어지는 채소를 쥐고 있었다. 장례를 처리하는 일이 아가씨에게 떨어졌다. 대부분의 사람들은 아가씨와 부인이 보통의 관계가 아니라고 생각했다. 그녀는 책임을 회피할 수 없었다. 아가씨는 부인이 자신을 돌봐주고 믿어준 것만 생각해도 부인의 마지막 가는 길을 보내주는 책임이 자신의 몫이라는 사실을 잘 알았다. 그제야 아가씨는 KIM이 벙어리라는 사실을 알게 되었다. 그는 개집 옆에 앉아 누렁이와 함께 서로를 위로하고 있었다.

아가씨는 중국과 섬나라의 풍속을 결합하여 장례를 준비했다. 초혼과 시신 수습, 부고, 시신 세척, 대렴과 소렴을 전부 그녀가 처리했다. 상복을 갖추고 장례를 지낸 다음, 혼령을 지키고 경문을 읽고 분향을 하고 사자를 위해 무덤 앞에 비석을 세우는 등 일련의 일을 다 혼자 처리했다. 이 모든 일을 진행하면서 아가씨는 기묘한 기분이 들었다. 자신을 위해 경문을 읽고 자신에게 작별을 고하는 것 같은 느낌이 들었다. 특히 매장을 마치고 산비탈에 솟아오른 봉분을 돌아보는 순간, 아가씨는 그 안에 묻혀 있는 자신을 보았다. 무덤 주위에는 포두화가 가득 피어 있었다.

부인이 죽고 나서 아가씨는 매일 부인의 영전에 음식을 올렸다. 한 달이 지난 뒤에는 매달 초하루와 보름에 아침 일찍 제사를 올렸다. 이렇게 1년을 계속했다. 부인이 세상을 떠나고 1주년이 되던 날 '소상'(부모가 죽은 뒤 한 돌 만에 지내는 제사)을 올렸다. 이제 아가씨는 이미 여주인의 모습을 갖추고 있었다. 여관을 관리하면서 섬나라 말도 배웠다. 다시 2년이 지나 KIM도 결혼을 해 아이가 생겼다. 어느 날 그의 아내가 차에 치여 식물인간이 되었다. 그러더니 병원에 보름을 누워 있다가 세상을 떠났다. 두 사람의 아이는 이제 막 만 네 살이 되었다.

아가씨는 KIM의 두 번째 아내가 되었다. 다시는 자기 나라로 돌아가지 않았다.

2011년 7월 한국 서울에서 씀

상생의 바탕으로서의 자연

자연은 인간의 집이다. 풀과 나무, 바람과 비, 크고 작은 온갖 유형의 동물이 우리의 생존과 생활의 조건이자 배경이다. 인간에게는 자연이 삶의 기초이기 때문에 절대로 타자가 될 수 없다. 적은 더더욱 아니다. 하지만 지난 수천 년 동안 인류의 역사는 자연에 대한 정복과 이용을 문명이라는 이름으로 포장했고 자연에 대한 승리를 인간의 우월한 본성을 증명하는 기제로 인식했다.

결과는 어땠던가? 상당 부분의 자연이 회복이 불가능할 정도로 파괴되었고 만신창이가 된 자연 속에서 사는 인류의 삶도 그로 인한 고통과 결핍에서 자유로울 수 없게 되었다. 그리하여 더이상 자연 파괴로 인한 생존의 위협을 수용할 수 없게 된 인류의 발버둥이 시작되었다. 이른바 '환경 보호'나 '동물 보호' 같은 움직임이 그것이다. 이제는 자연을 일방적인 정복과 이용의 대상이 아니라 인류의 삶을 덜 위험하게 할 수 있는 상생의 바탕으로 규정하게 된 것이다. 결국 인간도 자연의 일부이고 지능과 특성이 다른 동물에 비해 우세한 포유류 동물의 한 종에 지나지 않는다. 하지만 자연의 보호를 통한 상생의 방법을 도모하기 위해서는 자연에 대한 섬세하고 구체적인 이해가 선행되어야 한다. 그리고 여기에는 문학적 이해도 포함된다. 문학을 통한 자연의 이해, 그리고 자연의 문학적 재현이 이 책을 관통하는 주제이자 내용이다.

중국문학에는 전통적으로 속세의 대척점에 자연이 존재하는 은둔사상이 이어져 내려오고 있지만 현대에는 도시라는 인위공간이 자연의 대척점으로 자리하고 있다. 이 책에 수록된 작품들은 대부분 이런 자연을 소재로 하고 있다. 하지만 우리의 자연과 다른 중국의 자연이다. 여섯 가지 기후가 분포하고 국토 면적이 우리의 백배에 달하며 인구가 14억이나 되는 거대한 자연이다. 그리고 대부분 우리에겐 낯선 작가들의 작품으로 재현한 자연이다.

그 동안 한국에 소개된 중국 당대소설은 상당한 지명도를 갖추고 세계문학에 근접해 있는 작가들의 작품에 국한되었다는 혐의를 피하기 어렵다. 그러다보니 우리가 문학을 통해 이해할 수 있는 중국의 실상도 제한적일 수밖에 없다. 지대물박地大物博한 만큼 문화의 스펙트럼도 다원화되어 있는 중국에는 작가 층도 대단히 두텁고 다양하다. 이 책에는 거대한 중국 당대문학의 작가군에서 엄선된 작가들의 작품 아홉 편이 수록되어 있으며 그중

엔 처음 소개되는 작가도 있다. 물론 중국 최고의 종합 문학잡지
인『인민문학』해외판을 위해 신중한 평가와 선택을 거친 작품들
인 만큼 일정한 문학적, 미학적 수준을 담보할 수 있으리라 믿는
다. 이 책이 한국의 독자들에게 기존의 소설에서 느낄 수 없었던
참신하고 함축적인 문학적 자양과 향기를 제공할 수 있기를 기
대한다.

2019년 여름
김태성

옮긴이 소개(작품 게재순)

「늑대는 나란히 간다」
강은혜

책이 좋아 번역을 하는 사람이다. 이화여대 통번역대학원 한중번역학과를 졸업했다. 번역한 책으로는 『이공계의 뇌로 산다』 『그가 사망한 이유는 무엇일까』 『테무친 그리고 칭기즈 칸』 『나는 내가 괜찮은 줄 알았다』 『인생이 두근거리는 노트의 마법』 『죽음 미학』 『최호적아문: 가장 좋았던 우리』 등이 있다.

「말 한 필, 두 사람」
김태성

한국외국어대 중국어과를 졸업하고 동대학원에서 타이완문학 연구로 박사학위를 취득했다. 중국학 연구공동체인 한성문화연구소漢聲文化硏究所를 운영하면서 중국문학 및 인문저작 번역과 문학 교류활동에 주력하고 있다. 중국 문화번역 관련 사이트인 CCTSS의 고문, 『인민문학』 한국어판 총감이다. 『인민을 위해 복무하라』 『사람의 목소리는 빛보다 멀리 간다』 『풍아송』 『미성숙한 국가』 『마르케스의 서재에서』 등 100여 권의 역서가 있고 2016년 중국 신문광전총국에서 수여하는 '중화도서특별공헌상'을 수상했다.

「열섬」
임주영

서울대를 졸업하고 한국외대 통번역대학원 한중번역학과에서 석사학위를 취득했으며 한국번역학회에서 강사로 활동했다. 현재 번역가로 활동하고 있으며 옮긴 책으로 『운동화를 신은 마윈』 『경쟁 없는 비즈니스』 등이 있다. 중국 『인민문학』 한국어판 번역에도 참가하고 있다.

「비둘기」
문현선

이화여대 중어중문학과와 같은 대학 통번역대학원 한중번역학과를 졸업했다. 현재 이화여대 통역번역대학원에서 강의하며 프리랜서 번역가로 중국어권 도서를 기획 및 번역하고 있다. 옮긴 책으로 『아Q정전』 『경화연』 『봄바람을 기다리며』 『평원』 『제7일』 『사서』 『물처럼 단단하게』 『생긴 대로 살게 내버려둬』 등이 있다.

「달빛 온천」
이지혜

이화여대 통번역대학원 한중번역학과를 졸업하고 같은 대학원에서 박사과정을 수료했다. 이화여대 통번역대학원과 성신여대에서 한중번역을 가르쳤으며 번역가로 활동하고 있다. 옮긴 책으로『중국번역사상사』『단언컨대, 사랑도 연습이 필요하다』『중국 십대 상방』『머니머신』『반짝이는 아이디어 유리병』등이 있다.

「폭설이 흩날리다」
임현욱

서강대 중국문화학과와 정치외교학과를 졸업하고 이화여대 통번역대학원 한중번역학과를 졸업했다. 옮긴 책으로『중국 영상산업 계약과 실제』등이 있다.

「어부와 술꾼 이야기」
김양수

성균관대 중문학과를 졸업했다. 문학박사로 주요 연구 분야는 중국 현대문학, 타이완 문학, 중화권 영화. 동국대 중문학과 교수이며 중국 난징대학과 일본 도쿄대학, 홍콩 HKBU대학, 타이완사범대학에서 방문학자를 지냈다. 옮긴 책으로『중국어권 문학사』『아시아의 고아』『미로의 정원』『빅토리아 클럽』『흰 코 너구리』『베이징을 걷다』『오, 나의 잉글리쉬 보이』등이 있다.

「황혼의 쑥독새」
조영현

성균관대 중어중문학과를 졸업하고 중국 난징대학에서 형상사유 제창의 배경을 연구해 석사학위를, 신시기 뿌리찾기문학 연구로 박사학위를 받았다. 현재 서울여대 중어중문학과 교수로 재직하면서 화문 문학과 영화, 대중문화, 번역 등 다양한 영역에서 활동하고 있다. 옮긴 책으로『나의 창작관』『춘추전국』『원시사회: 동양의 서광』『허공의 발자국 소리』『으리 누나와 사인방』등이 있다.

「포두」
김린도

한국외대 독일어과를 졸업하고 한성문화연구소 연구원으로 현재 베이징에 거주하면서 중국 당대 작가들과 교류하는 한편, 베이징 옌스번역원에서 번역수업에 매진하고 있다.

늑대는 나란히 간다

초판 인쇄	2019년 8월 19일
초판 발행	2019년 8월 26일

지은이	덩이광·츠쯔젠 외
옮긴이	김태성 외
펴낸이	강성민
편집장	이은혜
마케팅	정민호 정현민 김도윤
홍보	김희숙 김상만 오혜림

펴낸곳	(주)글항아리 | 출판등록 2009년 1월 19일 제406-2009-000002호
주소	10881 경기도 파주시 회동길 210
전자우편	bookpot@hanmail.net
전화번호	031-955-8891(마케팅) 031-955-1936(편집부)
팩스	031-955-2557

ISBN	978-89-6735-664-4 03820

글항아리는 (주)문학동네의 계열사입니다.

이 도서의 국립중앙도서관 출판시도서목록(CIP)은 서지정보유통지원시스템 홈페이지(http://seoji.nl.go.kr)와 국가자료공동목록시스템(http://www.nl.go.kr/kolisnet)에서 이용하실 수 있습니다. (CIP제어번호 : CIP2019031573)